記憶屋

や

角川ホラー文庫
19428

目次

Prologue

「記憶屋」という都市伝説を遼一《りょういち》が初めて聞いたのは、小学校にあがる前のことだ。

夕暮れ時、公園の緑色のベンチに座って待っていると、記憶屋が現れる。そして、消してしまいたい、どうしても忘れられない記憶を、消してくれる。

近所の老人たちの間では有名な話だった。

遼一の祖母なども、誰かがうっかり物忘れをすると、「記憶屋が出たかねえ」と言って笑ったものだ。

幼かった遼一は、それを物語として聞いた。三つ年下の幼なじみが怖がるのを、作り話だよ馬鹿だな、と笑ったこともある。

その時は、信じていなかった。

＊

男と子どもが、向かい合って立っている。どちらも顔は見えない。

白い煙。黒い革靴。灰色の布。ひるがえる。遠くで何度かクラクションが鳴る。

伸ばされる腕を見る。

逃げろ。逃げろ。

誰に言っているのか、自分に言っているのか、わからないまま繰り返し、しかし足は凍ったように動かない。

そこでいつも夢は終わる。


ぴろりろりん、と間抜けな高い音が耳元で鳴ったのと、夢の終わりとがほぼ同時だった。一瞬で、遼一は目を覚ました。

もう夏も終わりだというのに、汗をかいている。久しぶりに見たその夢は、相変わらず意味不明だった。意味が分からないのに、何故かいつも、ひどく緊張して目が覚める。

頭を振って顔をあげると、オレンジ色のカバーをつけたスマートフォンが、目の前にあった。

取り上げようと手を伸ばしたが、スマートフォンはさっとそれを避けて、遼一の腕の届かない距離まで移動する。

「……マキ」

「遼ちゃんの寝顔撮っちゃったー」

「……最近の女子高生は。貸せ」

「やだ」

突っ伏して寝ていたせいで、背中や腕の付け根が軋《きし》む。机から身を起こして肩を回していると、後ろからＭａｃのモニターを覗《のぞ》き込んだ真希《まき》が声をあげた。

「何これ、年表？　うわーすごい、こんなのまで作ってるんだ」

寝起きの頭に、少女の高い声は響きすぎる。顔をしかめ、開きっぱなしだったファイルを閉じた。けちー、とぼやく真希を無視して、Ｍａｃそのものもシャットダウンする。消える寸前までモニターを見ていた真希は、色を抜いた髪の先をいじりながら口を尖《とが》らせた。

「１９５６……って書いてなかった今？　五十年も前からいるの記憶屋って？」

「噂が最初に流行《はや》ったのが五十年前ってだけだろ。都市伝説ってのはそういうもんなの」

立ち上がり、机の上に広げていたノートやメモの類《たぐい》をかき集める。まとめてクリアファイルにしまいこむと、真希が「秘密主義ー」と非難する口調で言った。

「その話、結構前から気にしてたよね？　遼ちゃんそういうのバカにしそうなのに、信じてるって超意外」

「別に信じてねえけど。俺は、噂って形で人から人へ伝達される情報、っていうコミュニケーションの形態に興味があんの」

嘘だ。遼一は、記憶屋という都市伝説がでたらめだとは思っていない。しかし、この幼なじみの前で、それを口に出すのははばかられた。

「都市伝説ってのはつまり、出所がわからない噂なんだよ。友達の友達が実際に体験した、とかいう触れ込みで広がるけど、実際にはその『友達の友達』には絶対辿《たど》りつけない。だから確かめようもない。口裂け女とか人面犬とか、皆そうだろ」

「あー、うん」

「そういういかにも作り話っぽい噂が、何で広まるのかとか、広まる過程で、どう変化していくかとか。そういうのを調べてるだけ。大学の課題なんだから、邪魔すんなよ」

「はーい……あ、じゃあさークラスの子に聞いてみてあげようか？　ほら、女子高生ってそういうの好きだし結構情報集まるかも」

「俺の課題気にしてる場合か。おまえ中間もうすぐなんじゃねえの？」

「あ、忘れてた。数学教えてもらおうと思って来たの！」

「俺は忙しいの」

「寝てたくせに」

遼一は、実際に記憶屋に記憶を消されたと思われる人間を、三人知っている。

そのうちの一人がこの、三つ年下の幼なじみ。河合《かわい》真希だ。だからこそ、この件に彼女を関わらせるつもりはない。

遼一は随分と長い間、真希の記憶が欠落していることと、記憶屋の存在とを結びつけなかった。二つを結びつけて考えるようになったのは、一年前。「二人目」を知った後だ。

そして、遼一が、都市伝説にすぎないと思っていた記憶屋の存在を確信したのは、「三人目」の存在に気づいてからだった。

1st. Episode：ノーティス

　大学に入学してすぐ、初めて参加した飲み会で、遼一は一学年先輩の澤田《さわだ》杏子《きょうこ》と知り合った。

　遼一が彼女の鞄《かばん》に足をひっかけて、倒してしまったのがきっかけだった。

「あっ、すみません」

「ううん、こっちこそ通り道に荷物置いててごめん」

　畳の上に膝《ひざ》をつき、鞄から飛び出した本を拾って手渡す。「催眠療法と脳科学」という、硬いタイトルが目に入った。

「心理学専攻ですか？」

「うん、ちょっと興味があって」

　パステルカラーの布の鞄に、分厚いハードカバーの専門書。ギャップに、おっ、となった。顔が好みだったということもある。

　そのまま、隣りに座って話をした。乾杯の前、全員で自己紹介をしたときに、彼氏がいないことは確認済だ。

　話しているうちに、同じプロ野球チームのファンだということがわかって、さらに盛り上がった。

（あ、何か、いいかも）

話していて疲れない。

スポーツ観戦や好きな映画、いろいろと趣味が合って、純粋に楽しかった。

飲み会で可愛い先輩と出会って仲良くなる、なんて、思い描いていた大学生ライフそのものだ。

誘われて断りきれず参加したものの、先輩ばかりの飲み会など気を遣いそうで憂鬱《ゆううつ》だと思っていたのだが、来てよかった。誘ってくれた友人に、感謝の目配せを送る。

しかし、

「あ、ごめん。あたし帰らないと」

ちらちらと時計を気にしている様子だった彼女は、飲み会が始まってから一時間ちょっとで席を立った。

「ちょっと顔出しに来ただけなんだ。ごめん」

えー、とあがった声に、すまなそうに片手を立てて「ごめんねポーズ」を作る。

じゃああとちょっとだけ、と言ってくれることを期待したのだが、彼女は友人らしい女の子に千円札を渡すと、本当にそのまま帰ってしまった。

遼一は半ば呆然《ぼうぜん》としながらそれを見送る。

おいおい門限があるにしても早すぎないか？　まだ八時過ぎだぞ八時。

口には出さなかったが、顔にはしっかり出ていたらしい。

「別に吉森《よしもり》君が嫌われたわけじゃないよ。杏子はいつもそうなの」

他の先輩たちが教えてくれた。

「そもそも飲み会に参加することがあんまりないけど、参加してもすぐ帰っちゃうのよ。今日は長くいた方」

もう少し話したかったと思っているのを見抜かれたのか、残念だったねと慰められる。別に、と笑って返したが、本当はちょっと残念だった。メールアドレスくらい交換しておけばよかった、と後悔する。

その後も何度か飲み会はあったが、杏子は来なかった。


飲み会には来なくても学部が同じなので、当然、構内で杏子を見かけることはある。選択授業で一緒になって何度か話をして、三回目に、学食でのランチに誘ってみたら、意外にもあっさりとOKしてくれた。

その前に図書館に寄りたいというので、遼一もつきあって、彼女が「心理療法の基礎」という分厚い本を借り出す手続きを終えるのを待つ。

「難しそうですね」

「結構おもしろいよ。吉森は？　どんな講義とってる？」

「えーと、コミュニケーション概論とか……噂の伝達過程とか、都市伝説の伝播《でんぱ》についてとか、先生が話してくれて、おもしろかったっすね」

「何それ、あ、あれだ、口裂け女とか？　怖い話だ。私そういうの結構好き」

「ネットにまとめサイトとかもあって、色んな話がありましたよ」

「へー、見てみようかな」

初対面で抱いたイメージの通り、杏子は人当たりもノリも決して悪くない、むしろ、活発で社交的な性格のように思えた。少なくとも、人見知りをするタイプではない。飲み会にあまり参加しないのは、人づきあいが苦手だからというわけではなさそうだった。

学食の窓際の席で、それぞれAランチと肉うどんのトレイをテーブルの上に置き、向かいあって座る。

「澤田先輩の家って、門限とか厳しいんですか？」

「え？」

「いや、飲みとかカラオケとか、遅くまでいたことないって聞いたんで」

杏子自身が、皆で集まることを嫌っているのでなければ、家が厳しいという理由くらいしか思いつかない。

遼一が言うと、杏子は「そういうわけじゃないんだけど」と苦笑して口ごもった。

「あ、何か言いにくいこととかだったら、別に……」

「そんな大したことじゃないよ。逆に、わざわざ言うほどの理由がないっていうか……その、」

視線が泳ぐ。そうして、迷うように少しの間沈黙した後で、杏子は小声で言った。

「夜道が怖くて」

意外な答えに、割り箸《ばし》を割ろうとしていた遼一は動きを止める。

杏子はその反応を見るなり声をワントーンあげた。

「自意識過剰だよね！　わかってるんだけどさ」

「いや……別に、そんなことは……女の子は大体皆そうなんじゃないんですか？　変な事件とかも多いし」

「うん、……そう、なんだけど」

それでも、八時になったら即帰宅、という徹底ぶりは珍しい気がする。そう思いはしたが、口には出せなかった。何やら理由がありそうだということはわかった。

遼一が割り箸を割ると、杏子もフォークをとって食べ始める。しばらくの間、二人で黙って食事をした。

自分の丼の中の肉うどんが減っていくのを他人事《ひとごと》のように眺めながら、思う。

（これ、食べ終わったら、「じゃあね」って流れだ）

このままでは、気まずいまま別れることになってしまう。答えにくい質問をして、彼女に居心地の悪い思いをさせて。せっかく、誘いに応じてくれたのに。

それに気づいて、それではだめだと気づいて、箸を止める。

「八時までなら、大丈夫なんですよね」

丼から顔をあげて言った。気が付いたら、口から出ていた。

その勢いに、杏子も驚いた様子でこちらを見る。

「こないだの飲み会で話してた映画。スペイン映画のハリウッドリメイク版、先輩観たいって言ってたでしょう」

前置きもなく、一方的にまくしたてる。

早口になっているのに気づいて、いったん口を閉じ、唾《つば》をのみこんだ。

「よ、……よかったら、この後観に行きませんか？」

杏子の目が、開いたまま固まる。

五秒ほど、見つめ合う形になった。それから、ゆっくり、杏子の睫毛《まつげ》が上下する。

杏子はフォークを皿の上に置いた。

「……ごめん、今日は用事があって」

「じゃあ、来週とか。俺、月曜は午後から講義なくて」

「月曜はダメなんだ。ごめんね」

重ねての謝絶。申し訳なさそうに、眉《まゆ》が下がる。

その顔を見て、ようやく力が抜けた。

「そう……ですか。すみません、いきなり」

我に返れば恥ずかしい。

何度か話したことがある、という程度の相手に対して、一気に距離を詰めようとして、空回った。もう少しスマートにできたはずだ。

そこまで深く考えていなかったが、今の自分は、どう見ても、勢い込んでデートに誘って、玉砕した男だった。これでは、さらに気まずくさせただけだ。

しかし、遼一が肩を落とす前に、杏子が言った。

「でも、ありがと。誘ってくれたのは嬉《うれ》しいよ」

そして、少し困ったように、照れくさそうに、でも嬉しそうに、笑った。

笑った顔が、可愛かった。

たった今誘いを断られたばかりなのに、萎《しぼ》みかけた心がまた浮き上がる。

(そういうこと言われたら、期待するんだけど)

自分は、惚《ほ》れっぽいタイプではないはずだ。

顔やスタイルが好みでも、趣味が合っても、それだけでは足りない。まだ、好きになるほど彼女を知らない。

今は、知りたいと思い始めていた。

*

月曜日の午後、大学の友人たちと昼食をとり、別れ、一人で本屋へ行った。その帰り道、杏子を見かけた。

杏子は病院から出てきたところだった。

遼一のほうは、偶然だな、誰かのお見舞いかな、としか思わなかった。しかし目が合った瞬間、杏子は明らかに表情を強張《こわば》らせた。それで思い出す。

今日は月曜日だ。毎週月曜日は、用事があると言っていた。

「……大丈夫ですか？」

思わず訊《き》いてしまっていた。それくらい、彼女は動揺しているように見えた。

挨拶《あいさつ》だけして立ち去るのがマナーなのかもしれないが、今訊けなければ、もうずっと訊けないような気がする。

だから、あえて、下がるべきところで一歩踏み込んだ。

「今から帰りですか？　コーヒー、つきあってくれませんか」

途方に暮れたような顔をして、彼女はついて来た。


病院の真向かいにあるチェーンのコーヒーショップに入った。

杏子は浮かない顔だったが、遼一が奢《おご》りますと言うと、遠慮なくカウンターでトールサイズの期間限定フレーバーを注文し、有料のシロップまで追加する。思わず笑った遼一を、彼女は恨めしそうな目で見た。思ったよりも元気そうで安心したが、わざとそんな風に振舞っているのかもしれない。

先にテーブル席についた彼女は、所在無げにしている。

透明のプラスチックカップにストローを挿して、杏子の前に置いた。

「アルバイトとかしてるのかなって、思ってました。毎週月曜日はダメって」

「……うん」

「断る口実じゃなくてよかったって、安心しました」

向かいの席に座りながら言うと、杏子は少し笑ってくれる。

それから、礼を言ってカップを自分のほうへ引き寄せ、両手で包むように持った。

「心療内科。週一で通ってるんだ。よくなってきたら、二週間とか、三週間に一回でよくなるって言われてるんだけど……今のところ、あんまり効果ないみたい」

山盛りのホイップクリームを見ながら言って、一度言葉を切ってから、遼一の反応を見るように目をあげる。

「引いた？」

「何で俺が引くんですか」

こんなプライベートな事柄に無遠慮に首を突っ込んで、本当なら引かれるのは自分のほうだろう。

遼一の答えを聞いて、彼女はまた、眉を下げて笑った。

「夜道が怖いって言ったでしょ」

左手をカップに添え、右手でストローを持って、口はつけずにかき回す。

「変だよね。この年になって。自分でもわかってはいるんだ」

「変……ってことはないと思いますけど」

随分用心深いんだな、とは思ったが、この物騒な世の中、女の子ならそういうものなのかと遼一は納得していた。比べられるほど、何人もの女性とつきあったわけでもない。

ただ、気丈な杏子のイメージとは合わないような気がしていたが。

「ありがと。でも、この年になって一人で夜出歩けないなんて、やっぱり困るからさ。なんとかならないかなって、カウンセリング受けてるんだ」

被害妄想ってことになるのかな、と首を傾ける。

夜道が怖いと一口に言っても、その症状は遼一が思っていた以上に深刻だったようだ。

「治ったら、もっと、色んなことできるはずだし……飲み会にも出られるようになると思うから。そしたらまた、声かけてくれたら嬉しいな」

気弱な物言いだ。どこか遠慮がちな、そんな笑い方は似合わない。

夜道が怖いのは杏子のせいではないし、不自由していて辛《つら》いのは彼女自身で、勝手に誘ってフラれた相手にまで、申し訳なく思う必要なんてない。

彼女と出かけたいのなら、努力すべきは自分のほうだ。

(無理してない笑顔が見たいなら、俺が笑わせるくらいでなきゃ)

ポケットからスマートフォンを出して、情報サイトを開いた。

近くの映画館と、上映タイトルを検索する。この店から徒歩十分の距離に、杏子を誘って断られたサスペンス映画の上映館があった。

よし。

「やっぱり、映画行きましょう。今から。確か、六時からの上映があったはずなんで」

ほらこれ、と画面を杏子に見せる。

杏子は戸惑った顔で、画面と遼一とを見比べた。

「え……でも」

六時から始まる映画なら、帰りは確実に八時を過ぎる。

そんなことはわかっている。

彼女の逃げ道をふさぐように、一言一言で囲い込むように、続けた。

「俺、送っていきますから。ちゃんと、家の前まで。つうかドアの前まで。……バスでも電車でも一緒に乗って、絶対安全に送り届けるから」

必死すぎだと笑われても仕方がない。むしろ、笑ってくれるなら、それでもよかった。

少しだけ期待してもいいなら。

自分と出かけるのが、嫌なのでなければ。

「行きませんか、映画」

杏子が、二度まばたきを繰り返す。口もとがきゅっと引き結ばれる。目が揺らいだように見えたが、杏子は泣き出したりはしなかった。

はなをすすって、目を閉じ、息を吸って吐き出す。

それから左手でカップをつかむと、プラスチックの蓋《ふた》を外し、ストローと一緒にペーパータオルを敷いたトレイの上に置いた。そのまま、カップに直接口をつけてフレーバーコーヒーをあおる。風呂《ふろ》上りにコーヒー牛乳を飲むときのような、なんというか、男らしい飲みっぷりだ。

ほぼ空になったカップをたんとテーブルの上に下ろして、ぷはー、と息を吐き、

「行ってあげてもいいよ、そんなに言うんなら」

何故か偉そうに顎《あご》をあげ、胸を反らして言った。

「何で上から⁉」

「先輩だからよ」

強引すぎただろうか、と不安になっていたから、冗談めかしたＯＫにほっとして、わざと軽口を叩《たた》く。杏子も軽口で返した。

わざとらしさに気づいても、お互いに触れない。

まだ、二人とも気を遣って、探り合っている。それでも、一歩近づけたことが嬉しかった。

店を出るとき、小さな声で「ありがと」と聞こえたが、聞こえなかったふりをした。

映画の後、チェーンのパスタ屋で夕食をとって、帰りは十時近くになった。

杏子の家は、最寄り駅から歩いて十分ほどの場所だという。

駅からの道を、並んで歩く。女の子を家まで送る、というのは初めてで、少し緊張していた。

「あー、確かにこの道ちょっと暗いかも……」

左右に店があるので昼間はにぎやかな通りなのだろうが、当然この時間は店のシャッターは全て閉まり、人気もまったくない。

一人歩きを怖いと感じるのも無理はない、と遼一が感想を漏らせば、

「昼間、急いでる時とかは、こっちの……細い道を使うんだけど。夜はほんと、真っ暗になっちゃうから」

脇道を指差してそう言われた。

広い方の道には、一応（頼りないものの）街灯があるのに比べ、指差され覗《のぞ》きこんでみた脇道の方には、明かりらしいものがほとんど見えない。

「この道を女の子が一人で、ってのはキツそうですね確かに」

「うん……」

杏子はバスを降りてから、鞄《かばん》の持ち手からさがったキーホルダーのようなものを、外して手の中に持っている。

何だろう、と見ていると、視線に気づいたらしい杏子が、慌てて手のひらを開いた。

「あ、……ごめんクセで」

「何？」

「防犯ブザー。携帯用の」

「へえ、こんなのあるんだ」

「けっこうすごい音するよ。これは押すと鳴るやつ。で、こっちが」

鞄をさぐって、じゃらじゃらとプラスチック製品を引っ張り出す。円盤形のもの、筒状のもの、形状はさまざまだったが、どうやらどれも防犯グッズらしかった。

「このヒモを引き抜くと鳴るやつ。こっちの方が本格的なの」

「二個も持ってるんですか？　もっとこう、音だけじゃなくて、相手を撃退できるようなやつの方がいいんじゃないですか」

「スプレーならあるよ。催涙スプレー、トウガラシ入り」

「うお、すげっ」

夜道を歩きながら、防犯グッズの説明会が始まる。お互い笑いながらだったのだが、家が近づいてくると、杏子は急にうつむいてしまった。

「……こんなの異常だよね」

杏子が立ち止まったので、遼一も足を止めて杏子を見る。

「九時以降怖くて一人じゃ外歩けないし、防犯グッズいくつ持ってても安心できない。一人じゃ、電車の中でもバスの中でも、ずっとスプレー握ってなきゃ怖いなんて。……

握ってても、怖いなんて」

遼一は身体ごと彼女に向き直ったが、杏子のほうは視線をコンクリートの道路に落とし、遼一を見ようとしなかった。プラスチックの防犯ブザーを握り、人差し指をチェーンの先のリングにかけている。安っぽい鎖をいじりながら、話し出した。

「あたし昔、痴漢にあったことがあるの。その時は通りかかった人がいて助けてくれたんだけど、ほんと怖くて。あたし体力とかも結構自信あったし、気も強い方だったのに、怖くて声も出ないんだよ。今でも思い出すと怖いもん。トラウマってやつなのかも」

次第に早口になる。杏子にとっては、思い出したくないこと、口に出したくないことだろう。それでも、話してくれている。

彼女と視線は合わなかったが、黙って、真剣に聞いた。

「色々本読んで、色んな人に相談して、病院にも通い始めたけど、ダメなんだ。こんなに怖がる必要ないって、頭ではわかってるのに」

どうしたらいいのかわかんないんだ、と、呟《つぶや》いた声は、途方に暮れたようにかすれて消える。

話し終えても、杏子は立ち止まったまま、顔をあげなかった。

遼一は言葉を探す。

彼女がずっと悩んできたことへの答えを、自分が簡単にあげられるとは思わなかったけれど、聞くだけ聞いて終わりにしたくなかった。

少しでも自分を信頼してくれているのなら、せめて、一緒にいるときくらいは安心してほしい。自分を異常だなんて、遼一に申し訳ないなんて、思わないでほしかった。しかし結局、彼女を安心させるような言葉は思いつかなくて、不甲斐《ふがい》ない思いで口を開く。

「……俺は痴漢にあったことないからわからないけど、」

杏子は目を伏せたままで少し笑った。

「でも、やっぱショックなんだと思うし。そういう風になってもしょうがないって、……思いますけど」

「でもやっぱり変なんだよ。痴漢に遭ったことがある女の子なんて、腐るほどいるよ。その子たちがみんな、あたしみたいになるわけじゃないもん」

「それは……そんなの、先輩のせいじゃないでしょう」

杏子は顔をあげ、ありがと、と言って笑う。礼を言われたいわけではなかったから、複雑な気分だった。

それからゆっくり歩いて、澤田と表札のついた家の前まで来る。杏子が鍵《かぎ》を取り出し、ドアを開けるのも見届けて、遼一が「じゃあここで」と言おうとした時だった。

「……あ、ねえ、吉森、授業で都市伝説について調べてるって言ってたよね」

ふと思い出したように、杏子が、ドアに片手をかけた状態で振り返る。

「記憶屋って、知ってる？」

「え」

どきりとした。

一瞬虚を衝《つ》かれたのは、それが聞いたこともない言葉だったからではない。

(記憶屋が出たかねえ)

ずいぶん長く聞いていなかった、しかし覚えのある言葉が、頭の中で蘇《よみがえ》る。

記憶屋というのは、あの記憶屋か?

「知らないよね。ごめん何でもない!」

遼一が答えるより早く、杏子は言ったことを打ち消すように胸の前で手を振った。開いたドアの向こうへ身体を半分滑り込ませ、両手を合わせて感謝の意を示す。

「ありがと、本当に。また学校でね」

「あ、……おやすみなさい」

ドアが閉まった。

*

コミュニケーション概論の課題のレポートを書いたとき、参考にしたインターネットのサイトがあった。個人のサイトらしいが、都市伝説全般について扱っていて、五十音別、種類別に全国の都市伝説をまとめた検索機能つきの事典や、管理人による各都市伝説の考察、都市伝説に詳しい管理人が常駐しているらしいチャットまである。情報量はかなりのものだった。

別れ際の杏子の言葉が気になって、ブックマークされたままだったそのサイトを開いてみる。思ったとおり、都市伝説事典の「か行」に、「記憶屋」という名前を見つけた。

マイナーな都市伝説らしく、他の記事と比べると情報量は少なかったが、それでも、数行の説明文が載っている。

曰《いわ》く、記憶屋は、記憶を消すことのできる怪人である。呼び出す方法はいくつかあるが、基本的に、記憶屋は記憶屋に会いたいと思っている人間の前に現れる。日本で流行する都市伝説には、実は海外から輸入されたものが少なくないが、記憶屋の噂は日本、それも東京近辺でしか聞かない。女子高生を中心に、ごく最近になって流行し出した。分類すると、「怪人赤マント」や「口裂け女」などに代表される「怪奇・怪人系都市伝説」の一種である。

子どもの頃に、遼一も祖母から聞かされたことがあった。サイトに書かれた情報と、内容はだいたい同じだ。しかし、そのサイトには、「最近になって流行」と書かれている。昔はごくごく限られたエリアで語られていた都市伝説が、何かの理由で広く知られるようになってきた、ということだろうか。

（でも何か地味だな）

ぞっとするようなオチのあるエピソードがあるわけでもなく、怪人としても、口裂け女や人面犬と比べるとインパクトに欠ける。だからこそマイナーなのだろうが、数ある都市伝説の中でも、あまりおもしろいとは思えなかった。

(何にしても、ただの噂話だけど)

杏子が真剣な顔で口にしたから、気になっただけだ。

(先輩、何で急に記憶屋のことなんか言い出したんだろう)

記憶を消してくれる怪人なんて、子どもだましの作り話のことを。

首の筋を伸ばして骨を鳴らしながら、ぼんやりと考える。

(本当にいたらいいのにって？　そうしたら、自分のトラウマになっている記憶も消してもらうのにって？)

カウンセリングも効果がなくて、何をしてもダメなのだと言った後で。

いるはずがないとわかっていて、いたらいいのにと、あんな真剣な顔で言おうとしたのなら――そんな「もしも」は虚《むな》しくて、悲しかった。

＊

遼一がしつこく誘うのに押し切られる形で、杏子は何度か飲み会に参加した。

帰りは毎回、遼一が自宅まで送って行く。ナイトになった気分で、遼一にとってはそれも楽しかったが、彼女は申し訳なさそうにしていた。

「恐怖症」を治そうと、杏子自身も努力していたが、成果にはつながっていないようだ。

十分ずつ帰る時間を遅らせて、少しずつ慣らしていってはどうか。いっそ一度夜に出歩いてみて、どうということはないとわかれば平気になるのでは。遼一も色々と考えては案を出したが、杏子はそのたび、どれももう試したことがあるのだと首を振った。

「高校の時から色々やったんだ。カウンセラーの先生も二人目なの。でもだめみたい。理屈ではわかってても、頭じゃなくて、気持ちとか、体とかが……」

少なくとも、遼一が一緒ならば、夜道を歩くことはできる。

それなら、実際に夜の外出を重ね、何度も同じ道を通い続けるのが、一番地道で確実な方法に思えた。続けていれば、いずれは平気になるのではないか。

彼女を送り届ける任務を何度か繰り返した後、タイミングよく開かれた飲み会に、杏子と参加した。もうそろそろ、慣れてきた頃ではないか。そう思い立って、飲み会が終わりに近づいた頃にわざと、どうしても外せない用事ができたと言って席を立ってみる。杏子には何も話していなかったが、荒療治のほうが効くかもしれない。何かあってはいけないので、先に帰ったように見せかけ、離れてついていくつもりだった。

杏子は他の皆と別れてから、随分長い間店の前に止《とど》まっていた。しかし、やがて、意を決したように走り出す。何かに追われてでもいるかのような走り方で、ついていくのに苦労した。いつもの彼女らしくもなく、びくびくと周りを気にしながらだったが、駅までそれほど距離がなく、人通りも多かったこともあり、なんとかたどり着く。

何ごともなく電車に乗り、最寄りの駅に着いたのを見届けて、遼一は安心しかけた。

しかし、そこまでだった。

青い顔をして防犯グッズを握り締めた杏子は、そこから動くことができなかった。居酒屋があった駅前の通りと比べ、杏子の最寄り駅周辺は寂しい。駅の周りには24時間営業の店もあり、そこそこ明るいが、暗い方へと歩き出すことにはやはり抵抗があるらしかった。

何度も歩き出そうとするのだが、数歩と進まないうちに戻ってしまう。遠目にもそれとわかるくらい、がちがちに体に力が入っていた。

走ろうとして、がくんとブレーキでもかかったかのように足が動かなくなる様子を見てわかった。

まだ早かった。

遼一が思っていたよりずっと、杏子の恐怖症は根深いものだったのだ。

三十分ほどもそうしていただろうか、やがて杏子は肩を落とした。駅のすぐそばにある、24時間営業のファミリーレストランへと、ブザーを握り締めたまま走り出す。そこで夜を明かすつもりらしいと気づき、慌てて追いかけた。

レストランの前で追いついて声をかける。杏子は息を切らせた遼一を見て、すぐにその意図を悟ったようだった。

「ごめんね」

泣き出しそうな顔で言う。

怖かったからでも不安だったからでもない、騙《だま》した遼一を責めているわけでもない。

自分の不甲斐《ふがい》なさを、申し訳なく思っている顔だった。

そんな顔はさせたくなかった。

自分が失敗したことを知った。

「俺のほうこそ、ごめん」

手を握りたいと思ったけれど、彼女の手には防犯ブザーが握られていた。

結局その日は、いつも通り、杏子を家まで送って行った。

手には触れられなかった。

＊

大量の防犯グッズも、異常なほどの警戒心も、必要のないものだと杏子は自分でわかっていた。頭で理解していても、恐怖だけが消えない。

遼一にできることは何もなかった。何かしようとしても、杏子はやんわりとそれを拒絶した。何をしても無駄だと、わかっているとでもいうように。

「記憶屋は、忘れたいことがある人の前に現れて、忘れたいことだけを忘れさせてくれるんだって。忘れた人は、忘れさせてもらったってことも全部忘れて、悪い思い出は全部なかったのと同じになるんだって」

あの一件があってから、杏子は、たびたび記憶屋の話をするようになった。

恐怖症を治すには、もはや、原因となっている過去の記憶を消し去るしかない。色々な治療を試した結果、そう考えるに至ったらしい。

最初は冗談かと思ったが、真剣な顔を見たら、笑い飛ばすこともできなかった。

「そりゃね、噂をそのまま信じてるわけじゃないよ？　でも、噂になるってことは、何かあると思うんだ。たとえば、すご腕の催眠術師がいるとか……都市伝説の研究してるサイトを見たんだけど、まだ研究段階の脳手術が関わってるとか、そういう説もあるみたい。だから、何かヒントになればなって」

杏子はそう言ったが、遼一にはわかっていた。彼女は、優秀な催眠術師や脳外科医に会えることを期待して記憶屋を探しているのではなく、噂の通りの、魔法のように人の記憶を消してしまえる存在を求めている。

いるはずのない、都市伝説の怪人を。


気になって、都市伝説関連のサイトを回り、記憶屋に関する情報を集めてみた。

しかし、どこにも、大したことは書いていない。口裂け女の話にはさまざまなバージョンがあったが、記憶屋の話にはオチもなかった。記憶を消してほしい人の前に現れる怪人、という設定だけだ。

どうやらこの「記憶屋伝説」は、都市伝説の中では異色らしい。それはわかる気がした。基本的なストーリーがなく、聞いた人間に与える恐怖が中途半端だ。口裂け女や、怪人赤マントの話もそうだが、通常都市伝説にはストーリーがあって、被害者がいて、「もしかしたら自分も遭遇するかも」という恐怖が噂を広める。そこへ、対処法だの背景だのと細部が追加されて、都市伝説として完成されていくのだ。

こんな、ほぼ設定だけの都市伝説が、限られた範囲でとはいえ、流行する理由がわからなかった。

都市伝説サイトの、チャットルームを覗《のぞ》く。人がいたので、思い切って入室してみた。

チャットルームにいたのはサイトの管理人らしく、知らない人間の入室にも動じずに挨拶《あいさつ》してくる。さすがにチャットに慣れているのか、大分速いペースで発言数は増えた。うっとうしい思いもあるが、情報を求めてここへ来たことを思えば好都合とも言える。言葉を交わしながら、質問するタイミングを計る。

ドクター：『RYOさんは、どんな都市伝説に興味があるんですか？　アメリカ輸入型のシチュエーション系が最近は流行《はや》りみたいですけど』

RYO：『あんまり詳しくないんですけど、記憶屋の話とか』

ドクター：『マイナーなとこ突いてくるなあ（笑）』
こういったやりとりには慣れていない。居心地の悪さを感じたが、抑えて続けた。
RYO：『忘れたい記憶だけを消してくれる人の話、ですよね』
ドクター：『基本的にはそうだね。あ、でも確か食べるんだよ。消すんじゃなくて』
キィを打つ手が止まる。
食べる？
ドクター：『ボランティアで消してくれるわけじゃなくて……記憶屋の方は、記憶が欲しいんじゃなかったかな。記憶屋って呼ばれてるけど、実質は記憶喰《く》いっていうか。ホラ、口裂け女とかと同じ、怪人系の都市伝説だから。妖怪《ようかい》みたいなもんなのかな？だから、公に姿を現すことはしないいんだとか』
怪談じみてきた。最初から信憑《しんぴょう》性のない噂ではあったが、こうなると噂と呼ぶのも馬鹿馬鹿しい。
それでも杏子は、すがっているのか。

RYO：『俺、ガキの頃にその話聞いたことあるんですけど』
ドクター：『え、本当に？　最近流れ始めた噂だと思ったけど、そっか、昔から原型はあったんだ』

「ドクター」が言うには、都市伝説は、全く新しく作り出されることは少なくて、大抵は民話や海外の小説、実際にあった事件などに、原型となる話があるのだそうだ。実際の誘拐事件が原型となって、人をさらう怪人の伝説ができたり、村一番の美人が実は口が耳まで裂けた妖怪で、正体を知った村人を追いかけたという民話が、一見美しい女性がマスクをとると口が裂けていて、「見たなあ」と子どもを追いかけるという口裂け女の噂になったりするらしい。そうすると、杏子の言うように、天才催眠術師や脳外科医が記憶屋として語られるようになったという可能性もゼロとは言えないわけだ。

ドクター：『この手の噂は、伝わっていくうちに変形したり、尾ひれがついたりするものだからね。RYOさんが昔聞いたってバージョンと、今流行してるバージョンを比べてみるのもおもしろいかもしれないなぁ』
RYO：『バージョンがどうのっていうほど違うとこはないと思いますけど……誰かが何か忘れてて、え、そうだったっけ、って言ってたりすると、ばあちゃんが「記憶屋が出た」とかって』

ドクター：『なるほどなるほど。物忘れをする、普通は忘れるはずもないようなことをぽかっと忘れちゃう、っていう、そういう現象自体に「記憶屋」って原因を作って名前をつけたって考えれば、ルーツが見えてくるような気がするね。たとえば、ぬりかべって妖怪、知ってる？　あれもそもそもは、山道で急に前に進めなくなるっていう現象にそういう名前をつけて妖怪として認識するようになったものなんだけど……』

「ドクター」の薀蓄《うんちく》はそこそこ興味深かったが、これ以上有用な情報は得られそうにない。途中からは返事を打つのも面倒になって放っておいたのに、彼（おそらく）の発言はしばらく止まらなかった。適当なところで、礼だけ言って退室する。

愛用のＭａｃの前で、遼一は少しの間そのまま止まっていた。

思い出したことがあった。

忘れるはずもないことを忘れる現象。説明のつかないこと。

（遼ちゃんどうしたの？）

ずっと昔だ。そんなことがあった。

覚えていないのか、と訊《き》いたら、え、何が？　と返されたことが。

忘れられるはずもないことだったのに、彼女はそれを忘れていた。演技ではなかった。

演技でごまかせるようなことではなかった。

（……お母さんが、何？　何のこと言ってるの？）

（遼ちゃん変だよ？　どうしたの？　どうしたの）

どうしたの。

不思議そうに首をかしげた、自分を見あげた、あの目は嘘をついていなかった。

自分の方がおかしくなったのか、夢でもみていたのかと思った。その頃遼一はまだ子どもで、何が起こったのかわからなくて。不安になって。怖くなって。

それ以上確かめることもできなかった。

違う、あれは。あれは違う、はずだ。

記憶屋なんてものは、単なる噂で、現象に名前をつけただけの。


携帯が鳴って、我に返った。

真希からのメールだ。「昨日のサッカー録画してたら貸して」。取りに来い、と返信してやる。

真希は五分もしないうちにやって来た。ＤＶＤを渡してやると、嬉《うれ》しそうに受け取って礼を言う。

何気なく時計を見るともう十一時過ぎだった。こんな時間に、男の部屋に女子高生が一人でＤＶＤを借りに来るのもどうかと思うが、そこは幼なじみとして信用されているということなのだろう。

（十一時、……澤田先輩は出歩けない時間帯だな）

真希が無頓着《むとんちゃく》なのか、それとも杏子以外の女の子はこんなものなのか。

ついでとばかりにＣＤの棚を物色している真希を眺めながら、ぼんやりと思う。

「……おまえさ、記憶屋って」

「え？」

知ってる？　と、続ける前に、振り向いた真希を見てはっとした。しまった、ぼんやりしすぎた。不用意だった。

「……や、何でもねえ」

ごまかして、雑誌を開く。おまえＣＤ選んだらさっさと帰れよ遅いんだから、と言うつもりで再び口を開きかけたところで、

「記憶屋？　って、記憶消してくれるっていうあれ？」

あっさりと返ってきた答えに、思わず顔をあげた。

「知ってるのか」

「女子高生なら誰でも聞いたことくらいあるんじゃないの？　皆そういう話好きだし」

何でそんなこと聞くの、と真希は怪訝《けげん》そうだ。

遼一は雑誌を閉じた。

「それ、いつ頃から流行ってんの」

「さあ……去年か一昨年《おととし》くらいじゃないかな。あ、でも昔おばーちゃんたちが言ってた

よね？　似たような話。リバイバルされたんじゃない？」

「ストーリーとかあんの？」

「えー……存在そのものが伝説なんじゃない？　ストーリーは知らない。あ、でも、イタズラで記憶屋を呼び出した子が記憶消されちゃったとか、そういうのはあったかなあ」

そこで「被害者」が登場するわけだ。しかし、随分曖昧《あいまい》な被害像だった。

「他には？」

「駅の伝言板にメッセージ書いとくと記憶屋が来るとか、公園のベンチで待ってると会えるとか、けっこう色々聞くけど」

やはり、細部が追加されることはあっても、中心となるストーリーがない。自分が被害者になるのではという危機感を感じない。

「記憶屋に会ったって子とか、いねえの？」

「いないよー。だって記憶屋に会ったら、記憶屋に会ったって記憶も消されちゃうんだよ？　覚えてるわけないじゃん」

「……じゃあどうして噂が広まるんだよ」

「そこはそれ、都市伝説だから……とか？」

「理由になってねえって……」

そもそも都市伝説はそういう不確かなものだから、真剣に検証する方が馬鹿馬鹿しいのだが。

一度閉じた雑誌を、再び組んだ膝《ひざ》の上で開く。と、思い出したように真希が声をあげる。

「あ！　でも、西高の子が、記憶屋に記憶消された子と友達……とか聞いた気がする。何か、失恋して、元彼のこと忘れたいって、記憶屋探してた子がいたんだって。皆本気にしてなかったんだけど、結局その子、いつのまにかすっかり元彼のこと忘れてて、自分が記憶屋探してたことも覚えてないんだって」

「……あるじゃんストーリー。早く言えよそれを」

「え？」

「こっちの話」

しかし、だとしたら、やはり記憶屋伝説というのは、「記憶屋という怪人」の目撃談ではなく、「人が、忘れるはずもないことを突然忘れる」という不思議な現象に、記憶屋という原因をくっつけただけのものだ。「ドクター」は、記憶屋を「怪人系」の都市伝説だと言っていたが、主役であるはずの怪人像がはっきりしないという点で——その性質上仕方がないことかもしれないが——記憶屋は異質なのかもしれない。

「ネットより口で伝わる話の方が色々あるって意外だな。ちょっと興味あって、さっきサイト見てたんだけど、そんなに詳しく載ってなかったぞ」

「そりゃ、もともとこういうのって口コミで伝わるもんでしょ？」

そうは言っても、このネット社会において、リアルの口コミによる情報が一番多く、早いというのは気になるところだ。ということはやはり、記憶屋は、局地的に流行している、かなりローカルな都市伝説ということだろうか。

「一応念のために確認しとくけど、その西高の子っていうのが誰なのかとかは、わからないんだな？」

「うん。でも、確かな話だって」

「確かじゃねえだろ、誰かわからないんだから」

どこかで聞いた、誰かが会った。それならばどうにかして辿《たど》っていけるはずなのに、何故か噂のもとには行き着かない。都市伝説のセオリーだ。

十年以上前に近所の老人たちに聞いたのを別にすれば、遼一は杏子から聞かされるまで、記憶屋の噂を耳にしたことはなかった。しかし、女子高生の間では知られているらしい。起承転結もない話なのに、何がおもしろくて流行しているのか、遼一には理解できない。遼一にはわからない何かが、彼女たちの心にヒットしたのかもしれない。

「ね、遼ちゃんはどう思う？　記憶屋。いると思う？」

いつもは女子高生の間の噂話など鼻で笑って相手にしない遼一が、珍しく自分の守備範囲の話題に興味を持っているらしいと知って、真希は嬉しそうに訊いてくる。床に手をつき、身を乗り出すようにして、デスクチェアに座ったままの遼一を見上げた。

「いるとかいないとか議論するレベルじゃないだろ。ありえねえし」

「えー、夢がない！　いたらいいなーとか思って気になってたんじゃないの？」

記憶を消す怪人のどこに夢があるのだ。女子高生は謎だ。

「現実的に考えたら、記憶なんて消そうと思ってほいほい消せるもんじゃないし、消していいもんでもないだろ」

「そーかもしれないけどぉ」

これ以上の情報は得られそうもない。それに、あまり真希が記憶屋の話に興味を持つのも、なんとなく嫌な気がした。もう話は終わり、と態度で示すため、わざと冷めた口調で言う。

「おまえもう帰れ。若い娘が、深夜に男の部屋に長居するんじゃありません」

「うー……はあい」

不満そうな真希に、半分背を向ける形で再びデスクに向かった。

しぶしぶ立ち上がり、DVDを片手で胸に抱くようにして出て行く。

母親と真希が、「気をつけてね」「お邪魔しました」と言葉を交わすのが聞こえた。

窓を開け、一応、真希が無事に斜め向かいの家に入っていくのを確認する。自宅のドアを開けたところで真希が気づいて、こちらに向かって手を振った。

窓を閉め、ついでにカーテンも閉めてから、Macに向き直る。

都市伝説関係の掲示板を覗《のぞ》いてみたが、記憶屋に関する書き込みは見つからなかった。

「マイナーでローカルな都市伝説……か」

一部の人間だけに伝わる話には、もしかしたらと思わせる信憑性《しんぴょう》がある。話そのものは馬鹿馬鹿しいほど作りごとめいているのに、何故か気になって仕方がなかった。

杏子も、そうだったのだろうか。

記憶屋という、子どもだましの都市伝説に、何かを感じたのだろうか。

真っ暗な帰り道、どこへも行けなくなっていた杏子。

噂の中の怪人が、一筋の光のように思えたのだろうか——それが、溺《おぼ》れる人の前に浮く一本の藁《わら》よりも、まだ頼りない光でも。

実在するわけもないと、杏子自身も、本当はわかっているはずだ。わかっていて、そんなものに縋《すが》るしかないことが問題なのだ。

「……ていうか、まず俺を頼れって話……」

ぐしゃぐしゃと片手で前髪をかきまわした。

架空の怪人よりも頼りにされていない、という現実に多少落ち込む。

根深い問題らしいから、会って数週間の自分を頼れというのは難しいかもしれない。

それを考えれば、仕方ないことかもしれないが。

そうだとしても、藁にも縋る思いだというなら、自分にだって縋ってくれてもいいのではないかと、思うのだ。

(そりゃ、俺は天才脳外科医でも催眠術師でもカウンセラーでもないけど)

いくら探しても見つかるはずもないと、わかっているものを探し続けるよりは、目の前にいる自分を見てほしい。少しくらいは頼って欲しい、一緒に悩むくらいしかできなくても。

いっそ気が済むまで探させた方がいいのかもしれないと、頭ではわかっている。杏子が、存在しない記憶屋を探し疲れて、自分自身で少しずつでも変わっていくしかないのだと気づくまで待てばいい。もしかしたら杏子自身、簡単な方法などないのだと自分を納得させるため、形だけ探しているにすぎないのかもしれない。

どうせ、見つかるわけがない。そんなことはわかっていた。自分も、おそらく、杏子も。

それなのに、何故か胸のあたりでわだかまる、この不愉快な焦燥感は。

＊

杏子は、あまり学生ラウンジや食堂に顔を出さなくなった。一緒にとっていた講義が休講になったせいもあり、三日ほど姿を見ていない。さすがに心配になって、彼女の友人に訊《き》いてみた。

杏子は最近図書館に籠《こ》もって調べものをしているらしい。昼食時に探しに行くと、一番奥の席で山ほど本を積み上げてメモをとっている彼女を発見した。

「飯食わないんすか？」

そう訊いたら、もう食べたから、とすまなそうに断られる。

少し痩《や》せたような気がした。積み上げられた本の後ろにカロリーメイトの空き箱を見つけたが、見なかったふりをする。

「先輩今日、これから講義入ってます？　俺もう終わりなんですけど」

「あ、うん……あたしも今日はフリーだけど、この後用事があって」

盗み見た背表紙には、統一性のあるタイトルが並ぶ。「現代都市伝説」「消えるヒッチハイカー」「都市の怖い噂」。

それらを遼一の目から隠すようにかき集め、杏子は立ち上がった。

「用事？」

「明るいうちに行かないと。ほらあたし、暗くなったら出歩けないし」

苦笑しながら言うのが痛々しいような気がして、胸の奥に苦いものが湧く。

本の上に重ねられたルーズリーフのメモから、「伝言」「緑色のベンチ」「公園」「人目を避ける？」といくつかの走り書きだけが読み取れた。

「……どっか行くんですか？　帰り、遅くなるかもしれないなら俺つきあいますけど」

「ううん、暗くなる前に帰る。ありがと。一人じゃないと会えないかもしれないし」

誰に？　とは訊けずにいるうちに、杏子は本を抱えて貸し出しカウンターへと歩いていってしまう。

立ち尽くし見送った。

ふいに、じわりと恐怖が背中を這《は》い上がった。

(何だこれ)

自分が何を恐れているのか、わからない。

後を追って図書館を出たが、杏子の姿は、もう見えなかった。

杏子は何かしようとしていて、そのために今、自分と距離を置こうとしている。遼一はそう感じていた。その「何か」についても、予想はついていた。

悩んだ末、杏子の携帯電話に電話をかけてみたが、電源を切っているのか電波の届かない場所にいるのか、なかなか連絡がつかない。

時間をあけてもう一度、もう一度を繰り返して、六度目でやっとつながった。

はい、という杏子の声に、安堵《あんど》する。

「先輩、記憶屋……本気で探してるんですか」

挨拶《あいさつ》も何もなしに、切り出した。

杏子は黙っている。

「先輩、俺、協力しますから。ちょっとずつ慣らしていけばいいじゃないですか、前は失敗したけど、今度はうまくいくかもしれないじゃないですか」

電話の向こうで、杏子の息を吸う音が聞こえて焦った。

何かをつなぎとめようとするかのように、自然と早口になった。

「俺が後ろから離れてついていくから、怖くなったらすぐ振り向いて確認できるように、そしたらもしかしたら」

『吉森』

静かな声で呼ばれたけれど、止めないで続ける。何焦ってんだ俺、と、頭のどこかで思いながら、根拠もない切実な気持ちで。

「それでもやっぱり怖いなら、そういう練習、始めてみてもいいかなって先輩が思うまで、ずっと俺が送りますから」

『だめだよ、吉森』

名前を呼んだ二度目の声が、泣きそうな色で思わず黙った。

ひゅ、と喉《のど》の奥で空気が鳴る。言うはずだった言葉が消えてしまう。

だめだよ、と、杏子の声がまた言った。

だめだよ。

『だってあたし、吉森と一緒にいても怖いんだよ』

電話ごしの杏子の声が、冷たいものになって背中を撫《な》でる。

準備ができていなかった。思いがけず胸に刺さることを言われたときの、背筋が冷える感覚。

ごめん、と、空気を震わせる声は、ほとんど泣き声になっていた。

『吉森がいい奴だってわかってるけど、わかってるのに、二人でいると変に緊張してる。どっかで、……警戒、してる。ごめんね吉森、本当にごめん』

携帯電話を強く押し当てすぎて耳が痛い。

言葉が出てこなかった。

『送ってもらって嬉《うれ》しかった。心配してくれて優しくしてくれて嬉しいのに、どうしようもないいんだよ。反射みたいに体が竦《すく》むの。吉森でも、竦むんだよ。あたしがどう思ってたって、関係ないんだよ』

いいんだとか、先輩のせいじゃないとか、謝らないでとか、泣かないでとか、次々と浮かんでも一つも声にはならない。

ショックを受けている場合ではない、今は、それよりも、杏子に。

『でもあたし、吉森と、ちゃんとつきあえるようになりたい』

言わなければいけないことが、ある、あった、はずなのに。

彼女が最後に言ったその一言で、また、頭の中が真っ白になった。

『このままじゃ、吉森とだって向き合えない。甘えるとかじゃなくて、助けてもらうんじゃなくてちゃんと、あたしちゃんと、それができるように』

涙声になったことを恥じるように、杏子は早口になり、

『ごめん、切るね。吉森、ごめん、ありがと』

「先輩っ……」

遼一が何も言えないでいるうちに、電話は一方的に切れた。

呆然《ぼうぜん》と、そのままの姿勢で立ち尽くす。

（俺は）

あんなふうに謝られ、ありがとうと言ってもらえるようなことを、しただろうか。彼女の信頼に値するほどに、真剣だっただろうか？

一緒に帰ったり、悩みを打ち明けられたりして、少しは近づけたと思ったけれど、その後で、おそらく自分はやりかたを間違えた。そのせいで、彼女を追い詰めた。力になりたいと思ったけれど、それが負担になっていたなら、意味がない。

頼られて嬉しいなんて、ただの自己満足だった。

結局、何もわかっていなかったのだ。

無神経なナイト気取りを、今さら後悔する。

そんな自分に、向き合いたいと言ってくれた彼女に、自分は何もできないのか。

何を話せばいいのかわからないけれど、とにかく話をしなければいけない気がして携帯を操作した。

杏子の番号を呼び出して、けれど、すぐには通話のボタンを押せない。

謝ることすらも自己満足のような気がしていた。


電話が切れた後、迷って迷ってもう一度かけてみたが、つながらなかった。何度かけても同じ結果で、どうやら電源を切っているらしい。結局、あれから話せていない。

講義の前につかまえようと、教室の前で待ってみたが杏子は現れなかった。講義が終わっても、見つけることはできなかった。キャンパス中を捜しまわる。食堂にも、図書館にも、いない。携帯もつながらなかった。

気がつけばもう、空は暗い。一日中捜しまわって、手がかりもつかめなかった。

大学周辺の、学生が集まる店は全部覗《のぞ》いたが無駄だった。杏子は、暗くなってからは出歩かないから、もう家に帰っている可能性が高い。もう一度だけ電話をして、通じないことを確認して、杏子の家へと向かった。

今も、彼女にどんな言葉をかければいいのかはわからない。それでも、会わなければ何も始まらない。このままでいいわけがなかった。

(追いつめたかったわけじゃないんだ)

彼女のためと勝手に思い込んで、気持ちを押し付けて、苦しめたことを謝りたい。向き合いたいと言ってくれた、その言葉だけで十分で、杏子が自分に負い目を感じる必要は少しもないのだと伝えたかった。

(俺が馬鹿だっただけなんだ)

八時までしか出歩けなくても構わない。本当は、今のままの杏子でよかったのだ。役に立ちたくて、頼りになると思ってほしくて、遼一が暴走しただけだ。

それでも、今、彼女が、怖くても変わりたいと思ってくれるなら、ただ寄り添うことを許してほしい。

嫌な記憶を消すことはできなくても、一緒に新しく楽しい思い出を作ることならできるはずだった。杏子が望んでくれるなら。

うまく伝える自信はないけれど、どんなに時間をかけてもみっともなくても、伝えなければならない。

何度か杏子を送るために通った道を、一人で走った。

杏子の家にたどり着き、少し迷ってから玄関のチャイムを鳴らす。父親の転勤に母親がついていったため、去年からこの家に一人で住んでいると杏子は言っていたから、彼女の家族と顔を合わせる心配はなかった。そもそも、杏子にとっては外出できなくなる時間帯でも、訪問が咎《とが》められるほど非常識な時間ではない。

しかし、反応はなかった。

窓に明かりも見えない。

まだ帰っていないのか、そんなことがありえるのか？　だとしたら、誰かに送ってもらわない限り、杏子は今夜中には帰ってこられないはずだ。携帯にかけてみたが、やはりつながらない。

もしかしたら誰かと一緒に帰ってくるかもしれないと、しばらく家の前で待ってみた。

それから、以前のように、駅まで来て先へ進めなくなっているのかもしれないと思いあたり、急いで駅まで戻る。

駅の周りをまわってから、近くの飲食店をのぞいてみたが、杏子は見つからなかった。

杏子でなくても、女の子が一人で出歩くのは怖いような時刻になっていた。最後にのぞいてみたコンビニから出て、駅へ戻ってくる。今日はもうあきらめたほうがいいかもしれない。

明日《あした》また来てみようと、下を向きそうな気持ちを振り払って顔をあげると、見覚えのある後姿が横断歩道を横切るのが見えた。

まさかと思った。

こんな時間に、杏子が一人で外にいるわけがない。しかし見間違いではない、小花の柄のカットソーも、見たことがある。迷わない足取りで歩いていく背中を、慌てて追った。

夜道恐怖症は克服できたのか。それとも、杏子ではないのか？

走って追いかけたのに、いつも杏子を送っていく道の先には、それらしい姿は見えない。街灯にぼんやりと照らし出された夜道、シャッターが下りてしんとした通りの見通しは悪くないはずなのに、杏子どころか誰も歩いていない。見失うほど先を歩いていたわけではなかったはずだ。どういうことかと少し考え、一つの可能性に思い至った。

真っ暗な横道。

杏子でなくても踏み込むのをためらうような、街灯も何もない細い道を、覗いてみる。

家まではこちらの道の方が近道だと、杏子が言っていた。彼女が一人で、こんな時間に、この道を通るとは思えない。しかし、姿が見えない以上、それ以外考えられない。

どちらにしても、杏子の家まで行けば、見かけたのが杏子だったのかも確認できる。

遼一は、走って横道に入った。

人がいないせいか、足音が妙に響く。

目をこらさなければ数メートル先もよく見えないような暗闇だった。少し先に明かりが見え、ほっとしかけた時、道の終わりに後姿が見えた。

やはり杏子だ。

「澤田先輩！」

駆け寄って、呼んだ。

呼ばれて止まった杏子は振り向いて、怪訝《けげん》そうな顔をした。

「どうしたんですか、学校……来ないし、携帯つながらないし……しかもこんな暗い道一人で」

「あの」

困ったような顔で、杏子は遼一の言葉を遮る。

「誰、……ですか？」

一瞬、何を言われたかわからなかった。

「……先輩？」

顔が見えない暗さではない。声だけではわからなくても、こうして向き合って判別できないわけがない。

「……吉森、ですけど」

冗談かと思った。そうでないなら、杏子にそっくりな別人なのかもしれないと。

しかし、彼女は澤田先輩と呼ばれて振り向いたのだ。

「俺、大学の……一年で、……日本文化研究概論とか、同じ講義……とってて。飲み会で最初に会って」

「ごめんなさい、あたし、人の顔ってあんまり覚えなくって……そっか、後輩さん？　高田《たかだ》先生の講義とってたんだ。家この近く？　あたしが一人で歩いてたから心配して声かけてくれたの？」

杏子だ。間違いない。声も笑い方も。

それは確かなのに、まるで、自分のことを知らないかのような口ぶり。

覚えていない？

鼓動が速くなった。落ち着け、と自分に言い聞かせ、

「…大丈夫なんですか、こんな……暗い道、一人で。もう遅いのに」

おさえた声音で、聞く。不自然にならないように。

「え？　ああ、うん。でもここ住宅街だから、何かあったら大声出せばいいし」

平気だよ、と、明るい笑顔を見せた。

「まぁ、そうそう危険なこともないでしょ。あたしそういうとこ運いいし、腕力にも自信あるからもし痴漢にあっても撃退しちゃうって」

（違う）

杏子じゃない。

こんなことを杏子が言うはずがない。

少なくとも、目の前にいるのは、自分の知る彼女ではない。

混乱して、何を言えばいいのかわからなかった。沈黙が続き、杏子の表情が再びいぶかしむものに変わった。

落ち着け。もう一度、呼吸を整える。

「……先輩。俺、先輩を家まで送ったことあるんですけど、覚えてますか」

「え？　嘘、ほんとに？　なのにあたし忘れてたの？　えー……勘違いじゃなくて？」

「先輩の家、この先の、二階建てですよね。門のとこにミントとバジルの鉢植えがあって」

「うっそ、やだ。あたし超失礼だね！　ごめん、でも覚えてないかも……それいつ？　あたしそんなに酔ってたのかな」

一つははっきりする。杏子は本当に、自分のことを覚えていない。ゆっくり息を吸って、もう一つの確認。

「夜道で、危ない目にあったこととか、ないですか」

遼一があまりに真剣な顔をしていたからかもしれない。

なんでそんなこと聞くの、といわんばかりの、きょとんとした表情を向けられた。

「ないよー。言ったでしょ？　あたし運がいいから」

深く、息を吐いた。

忘れている。

彼女が忘れたかったことは、もう、彼女の中にはない。

嫌な記憶と一緒に、警戒心すら消えてしまったらしく、同じ澤田杏子だとは思えないほどだった。

どうして。

「……え、どうしたの？　えっと、……吉森くん？　だっけ」

困ったような声に、なかなか顔をあげられなかった。

あなたは昔夜道で危ない目にあったことがあってそれで夜道恐怖症になってあなたはそれを治そうとしてて俺とあなたは知り合いなんです家まで送ったのも一回じゃないし昨日だって電話で話したんですでもあなたはそれを全部忘れてるんです、なんて。

言ったら、確実に変人扱いだ。

おかしいのは先輩のほうなんですと言っても、信じてもらえる可能性はゼロだった。

忘れられたショックや、起こった出来事の異様さに恐怖するよりも、混乱が先に来たせいだろうか。感情がついてこない。頭のどこかに妙に冷静な部分があって、そこだけで思考して行動しているようだ。そこ以外はシャッターが閉じてしまったのかもしれない。

数メートルの距離だったが杏子を家まで送り、そのまま別れた。何も訊《き》けなかった。広い方の通りを歩いて駅まで歩きながら、一人で考える。そこでようやく、頭が動き出した。

どういうことだ。

あれは演技ではなかった。夜道を一人で歩けていたことが、その証拠だ。杏子は、過去の事件も、遼一のことも、忘れている。忘れられずに苦しんでいたはずの記憶が、消えている。

何があった？

（記憶屋）

頭に浮かんだ名前を打ち消した。ありえない。タイミングがよすぎて、真っ先に浮かんだけれど。

噂の中の怪人に、何ができるはずもない。存在しないものが原因であるわけがない。

安易な結論に飛びつくな、と、自分自身を叱咤《しった》した。

考えろ。

架空の怪人探しにのめりこむほど、杏子は思いつめていた。自分を追い詰める思いの強さが、嫌な記憶を閉じ込めたのか？　ありえないことではない。少なくとも、記憶屋が消したのだと考えるよりは。

そういうことが、起こるのだ。信じられないけれど、起こる。そう考えるしかない。人の脳は、解明されていない部分が多いというし、素人の自分には想像もできないようなことが起こりうるのだ。きっと。おそらく。

——以前にも、同じことがあった。

(遼ちゃんどうしたの?)

今夜の杏子と同じ、きょとんとした顔で見上げてきた……あれはまだ小学生の頃の、真希だ。

(何のこと?)

彼女が遼一の目の前で、まぶたが真っ赤に腫《は》れるほど泣いた翌日だった。何の話をしているのかわからないと、無邪気に見上げてきた顔を今でも覚えている。

何が起こったのかわからずに、子どもだった遼一はひどく戸惑った。自分の記憶違いなのかとさえ、あのときは思ったのだ。

(誰、……ですか?)

真希。杏子。

自分のまわりだけで二人もの人間が、記憶を失っている。ぽっかりと、一部だけ抜け落ちたかのように。

覚えていたくない現実を、そこだけ都合よく、忘れるなんてことが可能なのか。納得はしていない、しかし納得するしかない。彼女たちは自分で、自分の記憶を消したのだ。

そんな現象が、起こるのだ。

意識しないで電車に乗って、二駅揺られて乗り換えて気がついたら最寄り駅で降りて歩いていた。自分の家より先に、向かいにある真希の家が見えてくる。真希の部屋の電気は、まだついていた。

背を向けて、自宅の鍵《かぎ》を取り出す。鍵の先端が鍵穴にぶつかって、かちかちと鳴った。いつのまにか汗をかいていて、そのせいで背中が冷たい。震えているのも、きっと、そのせいだった。

(記憶を消す怪人なんて)

馬鹿馬鹿しい。自分に言い聞かせる。

記憶屋なんて、ただの噂だ。

＊

次に杏子を見たのは、二日後の講義の席だった。

明るく笑って友達と話している彼女は、別人に見えた。以前から明るい人だったのに、何故そう思うのかはわからない。ただ、彼女の根本にあった何かが消えたことで、彼女自身も変わってしまったような気がしていた。声をかけることが、できなかった。

一言も言葉を交わせないまま、何日かが過ぎた。

「講演会、行く？」

「OBの人呼んで話聞くやつでしょ？　私、前にコラムニストの人が来たとき、聞きに行ったんだよね。けっこうよかったな。今回誰だっけ、弁護士？」

講義が終わり、荷物をまとめながら、杏子が友人と話している。掲示板に貼られていた講演会の報《しら》せのことを思い出した。様々な職についている卒業生を招いて、不定期に行われている講演会のことは、杏子から聞いたことがある。遼一は参加したことがなかったが、杏子は一年生のときから毎回参加していると言っていた。

「あたしは行くよ。今回のゲスト、若くてかっこいい弁護士なんだって」

「じゃあ私も出よっかな！　独身？」

「そこまでは知りませんー」

笑いさざめきながら、彼女たちは教室を出ていく。講堂ではなく大教室で行われるらしいから、そう大規模なものではないのだろう。講演会というよりは交流会のような感じだと、杏子が以前言っていた。弁護士という職業に興味はなかったが、杏子と話すきっかけになるかもしれない。手早く荷物をまとめ、後に続いた。

このまま、何もなかったように、杏子との接点がないまま卒業して、うやむやになってしまいそうな予感がしていた。こうして杏子を追いかけてみても、結局いつも、声をかけることはできない。忘れられてしまったという現実に、改めて直面するのが怖い気持ちもある。しかし、それだけではなかった。どうしてだよと、俺のこと思い出してくれと、詰め寄ってもおかしくないはずなのに、そうしようとは思わない。未練がましく近くをうろついてみたりしながら、決定的な一歩を踏み出すことはできずにいた。

講演が行われるという教室に入り、講義のときと同じ、杏子の斜め後ろの席に座る。

この大学には法学部がない。だから、弁護士のOBというのは珍しい。そのせいか、講演が始まる頃には、大教室がほぼ満員になった。

拍手で迎えられた弁護士は随分と若く見える。せいぜい三十代前半だろう。しかも、モデルでも通用しそうなルックス。部屋を埋めている半数以上が女生徒であることに納得した。

「こんにちは。高原智秋《たかはらともあき》です。うわー皆若いなぁ」

弁護士というイメージからは多少外れた外見だと思ったが、口を開いてもどこか軽い印象だった。しかしさすがに舌は滑らかで、学生時代の話から、仕事の話まで、時々ユーモアを交えながらすらすらと話す。退屈そうにしている学生は一人もいなかった。

高原弁護士のテノールをぼんやりと聞きながら、杏子を眺める。

彼女に惹《ひ》かれていた。好きだった、と思う。それなのに、何故、自分はこんなに冷静でいられるのだろう。

まるで、脳のどこかに、安全装置がかかっているようだった。

耳元で聞こえていた電話越しの、杏子の泣きそうなあの声を、思い出せば今も胸が疼《うず》くのに。

「学生さんたちが、俺みたいな弁護士からどんな話を聞きたいかなんてわからないから、ここからは質問を受け付けようかなと思います。弁護士としての俺に、じゃなくてもいいけど、何か聞きたいことはありますか？」

杏子が、隣りの席の友人と顔を見合わせ、どうする？　というように笑う。教室内がざわついたが、すぐに手を挙げる学生はいなかった。

やがて、端の席にいた茶髪の生徒が手を挙げる。

「法律の質問とかでもいいですか？」

「実際の事案について軽々しく答えるわけにはいかないんですが、一般的なことでよければ」

「友達が、俺が貸したチャリずっと返さないんですけど、勝手にあいつの家から持ってきちゃっていいですかね？」

「うーん、……勝手に取り戻すっていうのはまずいかな。盗まれたものを取り戻すっていうならともかく、……まぁそれも問題がないわけじゃないんだけど、平穏に貸したものを強硬手段で取り戻すっていうのは、窃盗罪になる可能性がありますね」

えー、窃盗？　自分のものでもそんななるんだ、などと、またざわめきが起こる。

「自転車は君の持ち物だから、盗んだことにはならないような気がするだろうけど、その人がその物を今現在持っている、支配している、その状態を害したことになるから…

……って言えばいいかな？　意外な権利を保護してるものなんですよ、法律って」

今度は、へえー、おおー、と、感嘆の声。遼一も、杏子を見ていた目を高原へ向けた。興味が湧いた。

「相手が友達なら、やっぱりまず話し合いじゃないかな？」

質問をした男子学生は、素直にうなずいて礼を言う。

高原は教室の中心の方に向き直ったが、いきなり最初に法律関係の質問が出たせいか、他の学生たちは手を挙げ辛《づら》いようだ。彼がどんな質問でもいいですよ、と言うと、勢いよく最前列の女学生が手を挙げた。

「はいどうぞ」

「先生、結婚してますか？」

「彼女はいますか？」

間髪いれず、その横にいたもう一人がつけ加える。笑い声があがった。高原は動じず、にこりとして
「独り身です。残念ながら」

と答えた。

きゃー、と歓声。もはやOBの講演会という雰囲気ではない。そこからは、スーツのブランドや年収を尋ねる、俗っぽい質問が続く。

きりがないと思ったのか、さすがに苦笑を隠せない様子の高原が、手をあげて言った。

「はーい、そろそろプライベートに関わる質問は締め切りまーす。他にありませんか？女性からの質問が目立ちますね。男性の方はー？」

教室をぐるりと見回した高原の視線が、遼一の上を通り過ぎる。

ちらりと杏子を見ると、ひそひそと、何やら友人と話して楽しそうにしていた。振り向かない。こちらを見ない。当たり前だ、彼女は自分を覚えていない。

遼一は再び視線をあげて高原を見た。

彼が言うように、自分のものでなくても、それを持っているという状態ですら、法律に守られる対象になるのなら。

(失われた記憶が、誰かの手によって消されたものだとしたら)

ありえないことだ。わかっているのに、何故こんなことを思うのか、自分でもわからない。わからないけれど。考えるだけ、意味のないことかもしれないけれど。

——ただ、杏子を、振り向かせたかっただけかもしれない。ほんの少しでも、彼女の心に引っかかるものがあったらと思った、自分ひとりこんな風に悩んで、全て忘れて彼女が笑っていることが悔しかったのかもしれない。

右手はジーンズのポケットに入れたまま、左手を挙げた。

「はい、どうぞ」

高原と、目が合う。

「記憶も法律の保護対象になるんですか？」

高原の目が一瞬丸くなり、しかしすぐに元通りの笑顔になる。

「情報が法律によって保護されるか、という質問ですか？」

「データの価値ってことじゃなくて、人の記憶のことです。たとえば、人の記憶を消すことのできる人間がいるとして。それを実行したら、その行為は罪になりますか？」

質問の意図がわからないらしい学生たちが、またざわめく。高原は、興味深そうに顎《あご》を引いて遼一を見た。

「それができるとして、本人に無断で消した場合には罪になる可能性はありますね。ただし、刑法に定めがないことについては裁けないのが日本の法律ですから。それがどういった罪になるのかは断言できません。それに、記憶がその人によって消された、という事実を立証できない限り、罪に問うのは無理でしょうね」

馬鹿馬鹿しく思えるだろう質問に、高原は丁寧な答えを返してくれた。そのおかげで、すっと頭が冷える。無意味なことをした、と思った。存在しない怪人の罪責を問うても仕方がない。

「たとえば頭を殴って、その人が記憶を失ったとしたら、傷害罪には問えるでしょうが。記憶を失わせようとして殴ったわけじゃないでしょうから、記憶が侵害されたとは考えにくいでしょう。想定されるケースによりますが」

法律の話だからだろうか、さきほどよりも、多少弁護士らしい口調で高原は言う。

はい、ありがとうございました、と礼を言って、遼一は話をそこで終わらせるつもりだ

った。しかし、

「どうして、そういう疑問が浮かんだのか、興味があるんですが。聞いてもいいですか？」

高原は穏やかな笑顔でそんなことを訊《き》いてきた。

目が勝手に、前の席に座る杏子へ向く。振り向かないとわかっている後姿を追うなんて、今の質問と同じくらい意味のないことだ。そう思っても、頭とは別の部分が体を動かすらしい。

「……人の記憶を消す怪人がいるって、都市伝説があって。この間、たまたま友達とその話で盛り上がったんで、ちょっと思い出したんです。変なこと聞いてすみませんでした」

「いえいえ。おもしろそうだね、その話。後で個人的に教えてください」

愛想よく笑って、高原はまた次の質問を募り始める。

記憶を消す怪人、と聞いても、杏子の表情は変わらないままだった。

＊

結局まともに話すこともできず、わだかまりを抱いたまま、二年生になった。

三年生になった杏子は、就職活動を始めたらしく、キャンパス内で見かけることはほとんどなくなった。

図書館からの帰り道、久しぶりに見かけて、足を止める。しかし、声をかけようとは思わなかった。

背を向けて歩き出す。

ほら。

こんな風に、忘れていくものなんだ。

自嘲《じちょう》的な気分になって、口元が歪《ゆが》んだ。

記憶屋なんて、都市伝説の怪人なんて、特別な理由なんてなくても、人はそういう生き物だから。

望まなくても薄れていくのだ。強く望めば、消してしまうことだってあるかもしれない。そのほうが、記憶屋に記憶を消されたなどと考えるより、よほど現実的だった。

頭ではわかっているのに、何故だろう。

あの夜杏子が、知らない人間を見る目で自分を見たときの、背筋が冷えるような感覚を忘れられない。

開けたままにしておいた窓から、聞き覚えのある笑い声が聞こえてきて、遼一は立ち上がった。窓枠に手をかけて下の通りを見下ろすと、思った通り、真希が友達と連れ立って歩いてくるのが見えた。

年頃の女の子らしく、おしゃれをするようになって、髪型も少し変わって、けれど笑った顔は昔と変わらない。近づいてくる彼女を、斜め上からのアングルでぼんやりと眺める。

よく笑う子どもだった。それは今も変わらない、彼女はたいてい笑っている。冷たくしたりからかったりしてみれば、すぐにふくれて、けれどふとしたきっかけで、またすぐに笑う。昔からそうだった。それなのに、時折思い出す幼い頃の真希はなぜか、いつも泣き出す前の顔なのだ。

あのときの。

（キオクヤ）

十年も前だ。目が腫《は》れるほど大泣きした次の日に、泣いたことさえすっかり忘れていた真希に愕然《がくぜん》とした。

偶然なのか。

忘れたいことを、自分の意思で忘れるなんてことが、本当にできるのだろうか。できるとして、どれほどの確率で起こり得ることなのか。

突然記憶が消える、不可思議な現象。医学的科学的に説明がつくものだとしても、自分のまわりで二度も起こるなんて、天文学的な確率だろう。

頭に浮かんだ、一つの仮説に飛びつけば楽だということはわかっていた。ただそれがあまりにも、荒唐無稽《むけい》で。

（都市伝説の怪人）

疑っているのか、心のどこかで。ありえないと思いながら。

馬鹿な考えを振り払うように頭を振った。気がつけば、癖になっている。考えそうになるたびに、こうして。

こちらに気づいた真希が、嬉《うれ》しそうに手を振った。一緒にいた友人らしい少女も、真希に何やら言われて窓を見上げる。

「遼ちゃーん」

まさかと思ったが大声で名を呼ばれた。よりにもよって自宅の前の道で。

「馬鹿。近所迷惑」

呟《つぶや》いて窓から離れる。

何よー、と文句を言う真希の声が聞こえたが、黙殺してカーテンを閉めた。

タイミングよく、机の上でマナーモードに設定した携帯が震えて着信を伝える。

とりあげてみると、着信画面には知らない番号が表示されていた。

悪戯《いたずら》ならすぐに切れるだろうとしばらく待ったが、鳴り続けるので通話ボタンを押して耳にあてる。

「……はい」

『ああ、吉森くん？　高原です』

男の声だったが、心当たりがない。しかし、正確に名前を呼ばれたことや、どこか品のある話し方から、悪戯ではないことはわかった。

沈黙をどうとったのか、電話の向こうの相手は、

『高原法律事務所の、高原智秋です。……この間は、ありがとう』

そう名乗り直した。

高原、……高原弁護士。大学に講演に来ていたOBの、と、やっと思い出した。

「あ、いえ! あの、……え?」

礼を言われる理由がわからない。何より、電話番号を教えた覚えもない。

混乱していると、

『記憶屋のこと。助かったよ。お礼がしたいから、今度何かご馳走《ちそう》させて』

ざわ、と全身が総毛立った。

(え?)

体が冷えたのは、噴き出した汗のせいか。血の気が引いたせいか。

(キオクヤ)

記憶屋?

「……い、え。そんな」

口の中が乾いて、よく動かない舌で、考える前に答えていた。頭と体が別に動いているようだった。

『家、立川《たちかわ》だっけ? 近くに来ることがあったら電話して。こっちも、何かわかったら教えるし』

「はい……」

声が震えた。気づかれてはいけない気がした。何を？　いや、だめだ今は。考えるな。考えたら、もう。

ごまかせなくなる、気づいてしまう。

でも何に？

『本当、ありがとう。……あ、前にも言ったけど、この話はうちの外村《とのむら》には内密にお願いします。心配性だからさ。……それじゃ、また』

同年代の友人とはやはり違う落ち着いた声、けれど記憶の中にある講演会での様子よりは幾分気軽い調子で高原は言って、電話は切れた。

携帯電話を耳にあてていた手を、下ろす。

電話の意味を考える。おそらくもうわかっていることを、受け止め向き合うために考える。

高原は弁護士で、大学のOBで、記憶屋の話に興味を持っていたようだった。それは覚えている。講演会で、自分が、記憶屋の話題を出したことも覚えている。

高原に、携帯の番号を教えた記憶はない。高原に、礼を言われるようなことをした覚えも、食事に誘われるほど親しくなった覚えもない。しかし、そのどれもが事実らしい。

そして、高原の口ぶりだと、それらすべてに、記憶屋の話題が関係している。

(俺が記憶屋のことを調べていた？　高原さんにそれを話した？)

そんなことを、自分が忘れるわけがない。

覚えていない。

(三人目)

三人目だ。

記憶屋の伝説を知っていた、そしてある日突然記憶をなくした、三人目。

手のひらが汗ばんでいる。携帯電話を落としそうになって、机に押し付けるように置いた。

遅れて恐怖が来た。

突きつけられた現実は頭からねじ込まれ背中を走り悪寒となって残る。

なんだこれ。

なんだこれは。

忘れたいと願った思いの力? 違う、そんなものじゃない。

口を手で覆った。

思い出せ。考えろ。向き合え。受け入れろ。

——指し示す結論は一つだ。

記憶屋は実在する。

at present 1

真希と、杏子と、自分の記憶を消した何者かが、存在する。そう確信してから、遼一は、記憶屋に関する情報を集め始めた。

主な情報源はインターネットだ。図書館で、都市伝説全般についての知識を仕入れたら、そこから先はネットか人から情報を得るしかない。記憶屋の伝説はマイナーすぎて、出版物などに取り上げられたことはないようだった。

都市伝説関連のサイトは手当たり次第にブックマークして、都市伝説に詳しい相手とチャットやメールのやりとりをするようになった。

彼らとの交流を通して知ったのだが、記憶屋は口裂け女や怪人赤マントなどと同じ「怪人系」の都市伝説に分類されているものの、恐怖の対象として語られているわけではないようだった。むしろその逆で、記憶屋を、苦しんでいる人の前に現れて忘れたい記憶を消してくれる、救いの主のようにとらえている人間もいるらしい。

遼一には、共感できなかった。

記憶屋という存在は、もっと、恐れられるべきものだと思っていた。今も思っている。

DD：『記憶を消すことで誰かを救って、でも自分が関わったことは相手の記憶から消してしまうから感謝されることもない、って何かかっこよくないっすか？　闇の仕事人——っていうか、孤独な正義の味方みたいな』

ブックマーク済みの都市伝説サイトの、チャットルームの画面を眺める。表示されているのは、もうおなじみになったメンバーの名前だ。今日は入室はしないで、増えていくログを追った。

「DD」は、記憶屋に好意的な一人だった。チャットのメンバーの中では新入りで、記憶屋の話を知ったのも最近らしい。他に、都市伝説チャットの常連は、サイト管理人である「ドクター」と、「イノキチ」、「イコ」の三人。たまに一見《いちげん》の客が入室しても、たいていは一度か二度で来なくなってしまうそうだが、彼らは一年以上前からの常連だという。

イコ：『まぁ、ある意味報《むく》われないというか、ボランティアよね』
イノキチ：『いや、でも記憶屋は記憶を食べるという説もありますよ』

この二人は、ドクターにもひけをとらないくらいに、都市伝説全般に詳しい。中でもイコは、記憶屋の話に特に興味を持っているらしく、記憶屋に関する興味深い情報を仕入れてきては提供してくれる。

その全てが噂である以上、真偽のほどはわからないが、情報は多い方がいい。大学での研究に使いたいと理由をつけ、少しでも情報が欲しい、なんとか実際に記憶屋に接触した人間から話を聞きたい、と希望を伝えてあった。

ドクターは物語としての都市伝説全般を扱うサイトを運営しているだけあって、記憶屋の話もあくまで作り話として楽しんでいるようだが、彼以外のチャットの常連メンバーは、記憶屋の実在を信じている——確信とまではいかなくても、「何かある」と思っている。それでも、それは「実在したらすごいよね」「きっと実在するよね」という程度の意識で、やっきになって探しているのはおそらく遼一一人だろう。

都市伝説の怪人を本気で探すなんて、馬鹿げたことを考えるのは、その存在を確信せざるをえない経験をした人間だけだ。

——今思えば。

冷静に考えれば、ひっかかることは、あったのだ。

たとえば、一つ。好意を持っていた相手が突然記憶を失って、自分のことさえ忘れてしまって、それなのに自分はそれを仕方ないとあきらめて、真相を調べもしなかったのか？

自分は薄情者だと、罪悪感を覚えながら、どこか不自然な気がしていた。

調べたことすら忘れているのだとしたら。

たとえば、一つ。杏子が記憶をなくしてから一度も、自分を思い出してくれと彼女に言おうとは思わなかった。もう一度最初からやり直す、という選択肢を前に迷ってはいたが、思い出してもらうために何かしようとは一度も思わなかった。

もしかしたら、何かのきっかけで、自分のことを思い出すかもしれない……と、希望を抱くことすらなかったのは。一度も考えなかったのは何故だ。記憶が戻らないことを、決定したことのように受け入れていたのは、あきらめてしまっていたのは。

記憶屋に消された記憶は二度と戻らないのだと、杏子の記憶が消えたのは記憶屋の仕業だと、知っていたからではないのか。

今なら受け入れることができる。そうすれば全て腑《ふ》に落ちる。

自分は、記憶屋について調べていたのだろう。その過程で高原とコンタクトをとった。結果、おそらくは何かにたどり着いて、そして記憶を消された。

消された。

何度も繰り返し、嚙《か》み砕き、すり込むようにして消化を試みる。その意味を考えれば考えるほど、背筋が冷えた。それと同時に、体の内側で熱いのか冷たいのかわからない何かがくすぶる。それは怒りに近い。

(誰かが俺の記憶を消した)

それができる人間がいる。そんなことは、あってはならないことだ。許されない。

誰が、どうやって、何のために——そこまではわからなくても、一つだけ確かなことがある。

(——記憶屋)

それは、噂の中で、ネットの上で、そう呼ばれているもの。

記憶屋の話を思い出す度、抱いた妙な感覚。恐怖、嫌悪、不快、……不安。どれも合っていて、どれも違うような気がする。はっきりしない、しかし明らかにマイナスの感情だった。子ども騙《だま》しの都市伝説にそんな感情を抱いた理由が、その時はわからなかったけれど、記憶が消えても、残るものがあるのかもしれない。

DD：『どっちにしても、一回会ってみたいっすよね』

ドクター：『いや、意外ともう会っているのかもしれないよ？　その記憶を消されてるだけでね(笑)』

「笑えねえよ」

「何？　遼ちゃん」

「何でもない」

折りたたみ式のテーブルに数学の教科書を広げ、背後で悪戦苦闘していた真希が、遼一の呟《つぶや》きを拾って顔をあげた。短く答えて、チャットの画面を閉じる。

真希が部屋にいる時に、チャットルームで記憶屋に関する議論を戦わせることはためらわれた。

「また都市伝説のサイト？　やっぱりクラスの子たちに聞いてあげるよ、そういうのって口コミが一番情報多かったりするんだから」

「いいからおまえは宿題やってろ」

振り向かずに言うと、何よ、と不満そうな声が聞こえる。無視して、掲示板を開いた。

記憶屋に関する書き込みをチェックする。

明日は高原弁護士と会うことになっていた。初めて——ではなかったらしいが、遼一の覚えている限りではそれが最初だ——電話をもらった後、情報を得るために事務所を訪ね、昼食をご馳走《ちそう》してもらってから、親しいというほどではないが、つきあいがある。記憶屋に関する話ができる（インターネット上の情報交換を除けば）、数少ない相手だった。

「遼ちゃんて記憶屋嫌いだよね。何で？」

「……覗《のぞ》くなっつってるだろ」

いつのまにか背後に立ってモニターを覗き込んでいた真希から、画面を隠すように体をずらす。

「で？　解けたのか、さっきの。解けたんだな、こうしてるってことは」

「え、待って待って！」

真希は慌てた様子で、ノートの前に戻った。

遼一も、モニターに向き直る。

おそらく、記憶屋の「被害」にあった一人であるはずの真希は、記憶屋に対して思うことはないのだろうか。その名前を聞いても、何も感じないのだろうかと、ふと思った。

たとえば自分も、高原からの電話がなければ、記憶の欠落に気づくことなく、何の疑問も持たないままで過ごしていたのだろうか？

マウスの上に右手をのせ、ぼんやり画面を眺めながら、意味もなくスクロールを繰り返す。

記憶を消されても、自分の中には、記憶屋に対する負の感情が残っていた。

記憶を消されたことを知った今は、はっきりと憤りを覚えてもいたが、それだけではない。ただの怒りとは違う、自分でも説明のつかない、何かもやもやとした思いが胸の内にある。

その思いが、記憶屋を探せと、内側から自分を動かしている気がした。

＊

青山にある高原の事務所へ行くと、入り口で制服を着た少女とすれ違った。遼一を見てぺこりと頭を下げたところを見ると、事務所か高原の関係者なのだろう。

応接室に通されると、高原は一人がけのソファに体を沈めて疲れた顔をしていた。

「彼女は？」

「依頼人の娘」

「邪魔しましたか？」

「あの子は仕事には関係ないよ。用事もなく訪ねてくるから困ってる」

苦笑しながら言って、ソファにもたれていた体を起こし、背筋を伸ばす。

困っていると言いながら、口調がどこか優しかった。

「もてるんですね、先生」

「高校生にもてててもね。……こんなとこに入り浸るより、同年代の子たちと遊ぶなり勉強するなりしろって言ってるんだけど。ちゃんと学校行ってるのかな……」

自分にとっての真希のようなものかもしれない。そう思って、少し高原に親近感を覚える。

背の高いアシスタントが、コーヒーを運んできた。ドアが閉まって二人きりになると、高原は組んでいた脚を解いて姿勢を正す。

「さてと、じゃあ本題。……記憶屋の噂が、五十年前にも一度流れたって話、そういうのに詳しいカルト系雑誌の記者さんに教えてもらったんだけど、調べてみても当時そんな噂が流行した記録はないって」

茶色い革の手帳を取り出し、話し始めた。遼一もノートを用意して、メモをとる用意をする。

　五十年前に一度、そういう噂が流れたことは、（覚えていないが）遼一が高原に流した情報の一部だ。インターネット上でも流れていない、なかなかにレアな情報であるらしい。しかし、それが具体的にどのような話で、どのように広まっていたのか、詳しいことはわからないままだった。さすがに、調査能力に関しては高原の方が上だ。

「だから、吉森くんの言うとおり、この近辺でだけ、ごく一時的に流れた噂なんじゃないかな。都市伝説としてというより、『ご近所の噂話』として流れたから、広範囲には広まらないで消えた。一部の人がその噂話を覚えていて、子どもや孫に聞かせた……ってとこじゃないかな。推測だけどね」

「俺も、俺の幼馴染《おさななじみ》も、聞いたことあったんです。ばあちゃんとかに……だから、多分うちの近所で流れた噂なんじゃないかって」

　キャップをしめたままの万年筆で手帳のふちをなぞりながら、高原は少し考えるようにゆっくりとうなずいた。

「うん、……老人会中心に調べてみたら、知ってる人がいたよ。『近所で起こったちょっと不思議な話』みたいな感じの噂だったそうでね」

　話の内容まで確認できたというのは収穫だ。五十年前の噂をどうやって掘り起こしてきたのか、後学のために聞かせて欲しいと思ったが、とりあえず黙って聞くことにする。

「戦争に行った息子の帰りを待っていた女性がいて、彼女は戦争が終わってからも、いつか帰ってくるって信じてそれを支えに頑張っていたそうなんだけど……ある日、その息子が戦死したって報《しら》せが届くわけ。近所の人たちは、彼女が生きる希望を失うんじゃないかって心配するんだけど、次の日その女性は報せが届いたことを忘れていて、それからも息子の帰りを待ち続けたって、そういう話」

どう受け止めればいいのかわからなかった。一般的にはちょっといい話、なのかもしれないが、アンチ記憶屋派（とチャット内で呼ばれている）の遼一にとっては、どうも釈然としない話だ。それ以前に、その話には記憶屋が登場していない。

「……なんか」

色々と思うことはあったが、とりあえず、最初に感じた感想を告げる。

「今流れてる記憶屋の噂とは、感じが違いますね」

それ以前に、都市伝説と呼べるかどうかすら怪しい。

高原も頷《うなず》いて同意した。

「うん。……この場合は、本人に依頼されて消してるわけじゃなさそうだしね。これが記憶屋の話だとしても、現代版とはちょっと違うね」

「記憶屋自体、出てきてませんよね。記憶屋を知らなければ、ただの、記憶を失くした女性の話じゃないですか。当時その噂を話してた人たちに、それが記憶屋の仕業だって認識はあったんですか？」

「あったみたいだよ。記憶屋の話を知ってますかって聞いたら、このエピソードが出てきたわけだからね。この事件があった時、記憶屋が出たんだろうって誰かが言い出して、それで、初めて記憶屋ってものの存在を知ったって。自分が知らなかっただけで、一般にはよく知られた存在なのかと思ってたってさ」

「結局、『誰かが言った』……ですか」

「そこだけは都市伝説のセオリー通りだね。でも、女性が息子の死を忘れた、っていうのは一応本当らしいよ。大体の番地とかまで教えてくれたからね。もちろんその女性はもう亡くなっているけど」

今となっては確かめるすべもない。息子の死を受け入れられずに、彼女の脳がその記憶に鍵《かぎ》をかけただけだと、そう考えるのが普通だろう。……五十年もたった今、似たような事例を目にしていなければ。

「この事件が実際に記憶屋の仕業だったのかはわからないけど、おそらく辿《たど》れる限り最初に『記憶屋』って名前が出た事件だと思うから、知っておいて損はないと思う。……それから、」

手帳のページをくって、高原はちらりと目をあげる。

「これも不確実な情報というか、参考程度の話なんだけど。話を聞いたご婦人に記憶屋のイメージを聞いたら、灰色のコートを着た、痩《や》せた男性だって言うんだ」

遼一は高原を見た。記憶屋の姿形が話題になるのは、初めてのことだ。

「息子を亡くした女性が記憶を失くす前日の夕方、灰色のコートの男が彼女を訪ねてきたのを見たんだそうだよ。それが記憶屋だなんて証拠はどこにもないけど、印象に残っていたから、記憶屋と聞くとその男性を思い出すと言っていた」

灰色のコート、痩せた男。新情報だった。口裂け女や人面犬の場合は、外見の異形がその伝説の重要な要素となっているということもあってか、その見た目については基本的な型がある。そこに後からディテールがつけ足されたりバリエーションが増えたりするものなのだが、記憶屋の外見については今までほとんど情報がなかった。記憶屋という怪人の能力の特質性のせいだろうが、やはり「怪人系」とされる都市伝説の中にあっては異質だ。

「イメージを訊《き》いたのは、記憶屋って存在に、プラスの印象を抱いているか、マイナスの印象を抱いているかを知りたかったからなんだけどね。意外な収穫かな？……これはあくまで、そのご婦人の印象だから、彼女が見たのが記憶屋だったのかどうかなんてわからないけど」

「プラスのイメージかマイナスのイメージかっていうのは、聞いたんですか？　結局」

「直接は聞いてないけど、……そうだね。話していて感じたのは、プラスの感情だったかな。主観だけど」

そうだろうなと思う。一般的に、その話の中で記憶屋がしたことは善行とされるのだろう。何かおかしいと思う自分の方が、少数派で。

しかし、何か。やはり、釈然としない。

「今流れている噂の中でも、記憶屋は、必ずしも怖がられてるわけじゃないみたいです。噂をする側の、とらえ方を見ると……口裂け女や怪人赤マントとは、ちょっと違って」

記憶屋という怪人は、むしろ、噂の主な伝達者である女子高生たちの中では、好意的に受け入れられていた。彼女たちにとって記憶屋との遭遇は、不運な事故ではなく、幸運な出来事として語られる。

誰でも忘れたいことの一つや二つは抱えていて、しかしどんなに願ったところで、消し去ってはしまえないのが記憶というものだ。ごく限られた人間だけが、「幸運にも」記憶屋の恩恵に与《あず》かることができる——それが、記憶屋に対する、彼女たちの認識だ。おもしろ半分に呼び出したら消すことを望んでいなかった記憶まで消される、という点だけが、都市伝説らしいといえばらしいが、おそらく後づけされたものだろうと遼一は思っている。噂を盛り上げるためのスパイスとして、尾ひれがついていくのが都市伝説伝播《でんぱ》における特徴だ。

「むしろ、噂を信じる人の中には、会いたがっている人もいる。ファン、に近いスタンスの人もいる？」

「……詳しいですね、高原さん」

「俺もネットサーフくらいするんだよ」

都市伝説サイトには誰でもアクセスできる。記憶屋に興味を持った時点で、その辺りはチェックしていて当然だろう。

そもそも、何故高原のような立派な大人が、記憶屋の話にこれほど興味を示しているのかは疑問ではあるが。

「高原さんはどう思ってるんですか」

「記憶屋のこと？」

手帳を閉じて、高原はまた脚を組んだ。ファンってことはないけどね、などと言いながら、思惑の読みにくい笑顔を遼一へ向け、

「依頼されてそれに応《こた》えているなら、責められることでもないんじゃない？」

「…………」

どこかおもしろがるような、こちらの反応を試そうとするような口調で、そんな風に言った。吉森くんは否定的みたいだね、と、胸の前で腕を組み、少し首を傾ける。

「そう、かもしれません。だから俺からの情報には、多少なりとも、俺の主観が入ってしまっているかも」

「それはどうして？」

「記憶は自分だけのものだから」

いつか訊かれると思っていた、だから、漠然とした感情を説明できるように、何度も一人で考えた。

近しい人が記憶を消されたから、おそらくは自分の記憶も消されているからだと告げれば、誰でも納得するだろう。しかし、好奇の目に晒《さら》されることは避けたかった。記憶

屋との因縁を伏せた上で、記憶屋への否定的な感情と、記憶屋について調べている理由として、納得してもらえる説明が必要だった。漠然と自分の中にあるものを、言葉にしなくてはならない。

「その人を構成するもので、手放していいものじゃないし、奪うなんてもってのほかで」

ぼろが出ないように、感情的になりすぎないように、気をつけて言葉をつなぐ。

「許されないことだと、思うからです」

高原は、「正義感が強いんだね」とにこやかな表情のままで言った。見透かされている気がして居心地が悪い。高原は手帳をテーブルの端に置き、遼一に向き直った。まだ話は終わらないらしい。

「それには同意するよ。でも、記憶屋は、本人に依頼されて記憶を消すんだろう？」

「本人がいらないと思っても、それはその人の一部なんです。消してしまうなんて不自然ですし、消せてしまうこと自体問題があると思いますけど」

忘れられた記憶はどうなる。その中にいた人たちはどうなる。もういらないと、苦しいから消してくれと、そんな風に思われて記憶の中から消されてしまった人間は、どうしてそれを受け入れられる？

「……高原さんは、どうなんですか。記憶屋のしていること、……他人の記憶を消す能力について、どう思うんですか」

こみあげてきたものが胸を突くような感覚をごまかすように、わざと強めの口調で問いかける。

高原は、膝《ひざ》の上で両手の指を組んだ姿勢で、視線をガラステーブルの上の手帳に向けている。

「確かに、軽々しく行使するべきだとは思わないけどね」

「……けど、何ですか？」

「ケースバイケースじゃないかな、と個人的には思う」

頑《かたく》なな子どもに対する忍耐強い大人のような、落ち着いた口調に逆に苛立《いらだ》った。

「どんな場合ならいいって言うんですか」

さらに語調を強めて言うと、高原はさらりと返す。

「強姦《ごうかん》事件の被害者が、事件の記憶を消すことを望んだ場合とかね」

間を置かず返された予想外の具体的な返答に、遼一は息をのむ形で黙った。

その反応を予想していたのか、一瞬だけ真剣な顔だった高原は口元に笑みを戻す。

「全否定はどうか、ってことだよ。記憶を消すことができるならそうした方がいい場合も、ないとは言えないってこと。今のは極端な例だけど」

考えてもいなかった可能性を指摘され、言い返せない。実際にそういった被害者が記憶を消すことを望んだときに、不自然だからよくないとは遼一には言えなかった。

高原を言い負かしたいわけではないのに、何故か悔しいような、子どもじみた感情が湧きあがる。

彼の言うことはもっともだと頭ではわかっていたが、認めたくなかった。

「記憶屋が人の記憶を消すのは、そんな極端なケースばかりじゃないでしょう。失恋したからとか、……本人にしてみれば消したい記憶かもしれないけど、犯罪被害の過去ほどは重くない理由で記憶屋を探してる人の方が多い。それに」

そこまで言って、自分が言おうとしていることに気づいてはっとする。そのせいで一瞬、言葉が止まった。

「……忘れられた側はどうなるんですか」

語尾が弱まる。口に出したことで改めて自覚して、吐息が混じった。

そうだ、……そこだ。

正義感などではない。ただ、……自分を、忘れられたことが。自分の記憶が消されたかもしれないという恐怖より先に、記憶屋の存在を意識し始めた、そのきっかけが、ずっとひっかかっていたのだ。

「忘れたい記憶だけを消すと言っても、記憶は続いているものだから、たとえば事件や事故があったその時の記憶だけ消しても無駄でしょう。その事件に悩まされていた期間の記憶とか、……その事件に関係して出会った人の記憶とか、そういうのも全部消えるんでしょう？」

高原に言うことではない、杏子の記憶を消したのは高原ではないし、記憶屋にそれを依頼したのも彼ではない。わかっていても、言葉は勝手に出てきた。

もしかしたら自分は、杏子にこれを言いたかったのか。記憶屋の正体を突き止めて、記憶屋にもわからせたかったのか。そのために探しているのか？

「そうまでして忘れたいことなんて、……そうまでして」

そのすべてと引換えにしてまで。

「……一つの消したい記憶のために全部忘れて、それで……本人は楽になるかもしれないけど」

自分だけ忘れるなんて勝手だ。

記憶は自分一人のものかもしれない、けれど、記憶の中にいた人間は、その記憶を形づくる時間を共有した人間は。

「そんなの、……記憶の中から存在を消された側にとっては、その人の中で殺されるようなものじゃないんですか」

その人の中では存在すらしなかったことにされて、その人の中には痛み一つ残らずに——忘れられた側だけが、忘れられずに抱えて。

記憶屋のしていることも、記憶屋にそれを頼んだ人間も、残酷だ。

忘れられた人間は、どうして自分を消してしまったのかと、相手に問うこともできないのだ。

「それでも、死んじゃうよりはマシだろ？」

ふいに言われて顔をあげる。

高原の顔から笑みは消えていた。

「大事な人に忘れられるのと、大事な人が死んでしまうのと、どちらかを選ぶなら。……価値観の問題だろうけど、俺なら前者かな」

存在を消されることを、殺されるようなものだとは言ったが、実際に物理的な死と比較されるとは思わなかった。とっさに何も言えずにいると、高原は伏せていた目をあげ、

「記憶は人を殺せるんだよ」

と言った。

「俺はそう思う。記憶は過去だ。もう存在しないモノだ。でも、その人の中に記憶としてある限り、その人の上には記憶の影響力が及ぶんだ。時には、その力は現実よりも強く働く。その人の中にしか存在しない力だから、周囲の人間にはどうしようもないんだ。自分の記憶からは逃れられないから」

「……高原さん？」

「記憶で生かされる人間もいれば、その逆もいる。自分に関する記憶が、誰かを支えるものとして残るなら、それは幸せなことだと思うし、そんな記憶を持っていることも、すごく幸運なことだと思うけど……」

そこまで言って、高原は言葉を区切り、いつも通りの笑顔に戻った。

「……まぁ、色んな考え方があるってことだよ。話がそれちゃったけど、もう一つ、ちょっと気になる情報が入ったんだ。記憶屋に接触したかもしれない女の子が、K大学病

院の脳神経外科にかかっているみたいでね。あ、書いておいた方がいいよ？　いい？　その子のフルネームはわからないけど、ミサオって呼ばれてた。ショートヘアの黒髪、痩《や》せてて身長は160センチちょっとってとこかな。西浦高校の二年生で、担当医は福《ふく》岡《おか》医師」

突然重大な情報を提示され、意味深な発言の意味を深く考える暇もない。慌てて手帳を出して、わざと早口で言っているとしか思えない高原の言葉を拾ってはメモをとった。

何度か聞きなおしながらようやくメモをとり終え、遼一が手帳をしまうと、高原は何か食べに行こうと言った。完璧《かんぺき》な笑顔で、暗に先ほどの話を続けるつもりはないと言われているようだった。

海千山千の弁護士の口を割らせる自信はない。少なくとも今日のうちに聞き出すことはできないだろう。長期戦を覚悟して、今日のところは退《ひ》くことにした。

「高原さんはどうして、記憶屋のことなんか？」

「ちょっと興味があってね」

こちらの方についても、多くを語るつもりはなさそうだ。上着をとって立ち上がった彼に続き、遼一も席を立つ。

高原の表情の理由もその言葉の意味も、その時はわからなかった。

2nd. Episode：ラスト・レター

外村篤志《あつし》が高原智秋と初めて会ったのは、四年前だ。外村は、六本木《ろっぽんぎ》の、かろうじて高級と言えなくもないクラブでアルバイトをしていた。愛想のいい方ではなかったが、多少シェーカーを振れたことや、つまみ作りができたことが理由で採用された。

勤めていたイタリアンレストランが潰《つぶ》れ、つなぎのつもりで始めたのだが、悪くないバイトだった。同じ職場の先輩とそりが合わなかったり、店で働く女の情夫にあらぬ疑いをかけられたりと、ちょっとした小競り合いが絶えないことだけが、欠点といえば欠点だったが。

その日も、外村は右手の甲と口元にかすり傷を負って、店の裏の石段に座っていた。ただでさえ、夜になれば酔っ払いの多い通りだ。目つきが気に喰《く》わないという理不尽な理由で、外村が絡まれるのは日常茶飯事だった。

たった五段しかない石段の、下から二番目に腰をかけ、自分で作ったまかないの残りをつまむ。野良猫が寄ってきたので、オイルサーディンを一切れ投げてやった。猫はその場では食べずに、くわえてどこかへ走っていく。

バルサミコ酢が切れた唇に沁《し》みるな、と顔をしかめた時だった。

「あ、何か落ちてる」

高い位置から声が降ってきた。

顔を上げると、棒きれのような長身の男が斜め左方から自分を見下ろしている。猫が逃げたのは彼が来たせいかもしれない。仕立ての良さそうなスーツを着た、いかにも金を持っていそうな男だった。

なんだこいつ、と思いながら見あげる。男は外村の視線にも頓着《とんちゃく》しない様子で首を傾け、

「……なんかどっかで見たことあるなぁ」

言いながら近づいてきて、外村の目の前で立ち止まる。

しばらく考えてぽんと手を叩《たた》き、

「あーそうだ思い出した、『クオリティ』のボーイだ。休憩中？」

「……はぁ」

「おいしそうだね。俺にもちょうだい、それ」

ひょい、と折り目の真っ直ぐなズボンの脚を折ってしゃがみこみ、外村の手元を指差した。

「これ……ですか？　まかないの残りっすけど……」

「さっき猫にはあげてたじゃん。一口一口」

「はぁ……どうぞ」

自分の手からタッパーを受け取り、サーディンサラダを食べ始める。その男のスーツ

の左襟に、金色のバッジが留めてあることに気づいて外村はぎょっとした。ひまわりの中に天秤《てんびん》のモチーフ。

弁護士バッジ、だ。

「あ、おいしい。好きな味かも。これメニューにないよね？」

「あ……それは、まかないなんで……試作っていうか。店のつまみとか、使って……」

「君が作ったわけ？」

「一応……」

「ふーん。あ、ありがとこれ」

（……弁護士……？）

この男が。

思わず、まじまじと見てしまう。男はその視線を気にする風でもなく、外村にタッパーを返しながら唇についた油を指先で拭《ぬぐ》った。きれいな方の手でスーツの内ポケットから高級そうなハンカチを取り出し、それで今度はその指先を拭《ふ》く。

「『クオリティ』のつまみ、おいしいよね。チーズとかサラミとかどこの使ってんの」

「……サラミは、自家製っす。前に作り方聞いたことあったんで、俺が……」

「え嘘、サラミなんか作れんの!?」

「はぁ。豚バラと牛モモ肉を、おろしニンニクなんかと一緒に市販の豚の腸に詰めて……試しに作ってみたら、支配人が気に入って店で出すことに」

「うっわ。君ボーイだよね？　バーテンダーでもないよね。そんなことまでやるわけ」

しゃがんだままで上半身をのけぞらせるという、大げさなアクションで驚かれた。

至近距離まで寄られると、かすかな香水の香りに気づく。

「ここの前、レストランに勤めてたんで……」

「じゃ、『クオリティ』のつまみって君が担当？」

「全部じゃないっすけど……」

「ベビーオニオンとブロッコリーのピクルスおいしかった」

「あ、それは俺っす」

「何それ、マジ？　俺のとこにお嫁に来てよ」

……変わった男だ。

休憩時間が終わるのでと断って立ち上がると、

「あ、待って待って。名前。名前教えてよ」

「……外村篤志、です」

「ふーん。俺はね」

店の中から声がかかった。失礼しますと言い置いて、男を残し仕事へと戻る。

タイを締め、テーブルを拭いていると、妙に目立つ、モデルのような男が入ってきた。

得意客らしい、フロアマネージャーがすっと出迎えて何やら話している。見れば、さきほどの男だった。向こうも外村に気づいたらしく、笑顔で手など振っている。戸惑いながら会釈だけ返した。

他の店員や女の子たちの態度からして、相当の上客のようだ。そういえば、以前にも店で見たことがあるような気がしてきた。女の子を両側にはべらせて、高い酒ばかり飲んでいたような。

外村がグラスを磨いていると、客が話をしたがっていると、フロアマネージャーに呼ばれた。

指定されたテーブルへ行ってみると、案の定あの男だった。今日は女の子はついていない。こうして明るい所で見ると、思っていたよりずっと若いようだった。まだ三十前かもしれない。しかも、役者のようないい男だ。

その整った顔が、外村を認めて子供のような笑顔になる。

「来た来た。トノちゃん、こっちこっち」

「と……？」

「トノムラアツシでしょ。だからトノちゃん」

「……俺に何か御用ですか」

「うん。このフィッシュスティックおいしいね。塩とレモンでさっぱりしてて。これもトノちゃん作？」

「はい」

妙な男だが、誉められると悪い気はしない。舌の肥えていそうな相手ならばなおさらだ。

男は、外村の目の前でまた一口フィッシュスティックをかじり、

「スクリュードライバーのゼリーさ。あれも作ったのトノちゃんでしょ」

「……最初のアイディアは俺です。レシピ作って、あとは手空いてる人が」

「ん。アサリとトマトのマリネもそうだよね？　バジルがきいてておいしかった」

「わかるんですか」

「クラブのおつまみの域、越えてる感じしたから。全部。ところでその傷、どうしたの？　さっきは気づかなかったけど」

とんとん、と自分の口元を指先で叩いて言う。外村が思わず切れた唇に手をやると、

「ケンカ？」

「……たいしたことは」

「何、言いにくいこと？　もしかしてアレ？　店の上司とか先輩に、いじめられてたりする？　ロッカールームで小突かれたり路地裏で殴られたり」

「……ただのケンカっす……からまれて」

「トノちゃん目つき悪いもんねぇ」

何がそんなにおかしいのか、屈託なく笑う。話し方はまさに立て板に水だ。さすがは

弁護士というべきか。よくもまぁこれだけ舌が回るものだ、と感心する。

ひとしきり笑った後、男はフィッシュスティックのつけあわせのレタスをつまみ、ちぎって口に運んだ。何か考えて、タイミングをはかっているようだった。

一呼吸おいてから、

「……あのさトノちゃん」

両手の指を組んで、背を少し曲げるようにして、

「一ヶ月、朝昼晩、全部違うメニューでごはん作れる？」

大真面目に言った。突拍子もない質問に困惑しながらも、「できると思いますが」と答える。

「家事って、料理以外もやる？　掃除とかさ」

「一人暮らしなので……人並みには」

「ここの時給っていくら？」

「……あの？」

ますますわけがわからない。

マネージャーや他の店員たちが、自分たちの方を見ているのがわかった。

「あの、お客様」

「高原」

「は……」

「高原智秋。俺の名前ね」

「はぁ……」

グラスをとって一口飲んで、コースターの上にとんと下ろして、絶妙の呼吸。革張りのソファの上から、突っ立ったままの外村を見あげ、

「トノちゃんさ。俺のとこでバイトしない？　家政夫の。今の時給の倍出すからさ」

そう言って、彼は……高原智秋はにっこりと笑ったのだった。


冗談だとばかり思っていたら名刺を渡され、翌日には電話がかかってきた。

渡された名刺に住所が記載されていたのでとりあえず行ってみると、家賃が外村のアパートの三倍はしそうなマンションの入り口に、「高原法律事務所」というプレートがかかっていた。マンションの一室を自宅兼事務所にしているらしい。

倍額のバイト料を出すと言うだけのことはある。そう思いながら訪ねてみた「自宅兼事務所」は、……雑然としていた。

事務所には大して物がなかったが、ファイルだの書類だのが本棚に横積みに突っ込まれていたし、パソコンのコードはほとんどアートの域に達するほど複雑に絡まっていた。自宅として使っている奥の部屋はもっと酷《ひど》い。ベッドの下に丸まったベッドカバーが落ちたままになっていたし、枕とシーツは皺《しわ》くちゃだったし、洗濯物は手当たり次第籠《かご》に

放り込まれていたし、洗い物はシンクに山積みになっていた。

部屋も家具も、それ自体は上等のものばかりだというのに、およそ弁護士様の生活する場所とは思えない(単に外村が弁護士の私生活に対して抱いているイメージが偏っているだけかもしれないが)。

「クリーニングの人が毎週来てくれてるんだけど、先週休みでさぁ。それから電話すんの忘れてたから、今ちょっと散らかってるけど。ランドリーも同じとこに頼んでたもんだから、洗濯物たまっちゃって」

「………」

「うっかり若い女の子雇って、変な噂立っても困るしさ。口うるさいオバサンとかだと俺が嫌だし。その点トノちゃんなら問題ナシ。どう? 働かない? あ、社宅ってことで部屋も提供するよ? 空き部屋あるから」

コーヒーメーカーのそばに重ねたままになっている大量の汚れたカップを横目で見やり、まずは台所の掃除からだな、と思いながら曖昧《あいまい》に頷《うなず》く。

本当に冗談のような話だったが、奇異さにさえ目を瞑《つぶ》れば、それこそ目のくらむような好条件だった。うまい話には裏があるもの、外村も世間知らずではないので警戒心も働いたが、弁護士ならばそうそう悪どい真似もしないだろう。ただ、

「……一つだけ、いいっすか」

「何? あ、給料のこと?」

「いえ……」

　これだけは確かめておかなくては。

　ソファにだらしなくもたれきっている高原を見下ろし、何だか「クオリティ」で対面した時と似たような構図だなと思いながら外村は意を決して、口を開く。

「……高原さん、ゲイじゃないですよね？」

　高原は一拍おいてから爆笑し、この日から外村は高原法律事務所で働くことになった。

＊

　高原智秋はつかみどころのない男だった。飄々《ひょうひょう》としているようで、くだらないことで拗《す》ねたり（観たかった番組が特番のせいで潰《つぶ》れただとか、休日だと思って喜んでいたら日付を一日間違えていたことが判明しただとか）唐突に子供のような我儘《わがまま》を言ったり（りんごをうさぎの形に剝《む》けだとか劇場版ドラえもんのビデオを借りて来いだとか）した。

　法廷に出ている時の彼を外村は知らない。ただ、資料に目を通し、策を立てている時の彼の表情からはプロフェッショナルの匂いがした。いつもは無駄口ばかり叩《たた》いているのが、一言も口をきかなくなり、何時間でも資料と向き合っている。デスクに向かって作業するとは限らず、部屋の中を歩き回り、資料を読み散らかし、床の上にまで紙を広げて、考えがまとまるまではそれらを片付けることを許さない。外村は、集中している時の高原には話しかけないことに決めた。高原が作業を始める前にはポットにたっぷりコーヒーを用意し、作業中はそっとしておいて、作業が終わる頃にタイミングを見計らって熱い紅茶を出す。それも、高原は気に入ってくれたらしい。サービス業やってただけのことはあるよね、と、ソファでくつろぎながら上機嫌で言った。

作業が終わり、必要な書類だけがブリーフケースにまとめられ、それを抱えて高原が公判へと出かけると、後には紙束の散乱した部屋が残る。高原が次に作業を始めたとき、求める資料がきちんと整理されて元の場所にあるように、それらを元通りの場所に片付けるのも外村の仕事だった。

稼ぎから察するに仕事の腕はいいようだったが、仕事をしていない時の高原は、ただの生活力ゼロの変わり者だった。外村には理解できないような理由で笑い、怒り、考え込んだ。

楽しいことやおいしいものが好きで、色々なことを思いつき、思いつくそばからそれを実行した。仕事帰りに紙袋いっぱい林檎《りんご》を買って帰ってきて、「アップルパイ作ってよ」と言われた時は唖然《あぜん》とした。林檎は上等なもので、袋にはパイを焼くためには充分すぎる数が詰まっていた。どう考えても洋菓子店で買ってきた方が安上がりだった。

外村がそう指摘すると、「焼きたてであつあつのやつに、バニラアイスをのっけて食べたい」のだと言う。仕方ないので、インターネットでレシピを検索して、言う通りにしてやった。余った林檎で、ジュースやフリッターまで作るはめになった。高原は大喜びし、それ以来デザート作りが外村の仕事に加わった。

七夕だとか雛祭《ひなまつ》りだとか、季節の行事が大好きで、男二人の法律事務所へ笹やら雛あられやらを買ってきては、「七夕にはそうめんを食べるんだよ。織姫の糸になぞらえるんだってさ」「明日《あした》はあれだよ、三月三日。雛祭り。雛祭りにはやっぱり散らし寿司《ずし》だよね！　あと潮汁《うしおじる》」嬉《うれ》しそうにカレンダーを示して、言う。これはつまり作れということだろうと、素直に言われた通りのメニューを用意すると、この上なく満足そうに頷いた。

「トノちゃん、おいしそうだよほらこれ。ウニ丼に炙《あぶ》りトロサーモンだって！　北海道に食べに行こうよ」

「……北海道じゃなくてもあるんじゃないですか」

「だってこの店のがおいしそうなんだよ！　行こうよ、今週末仕事入ってないしさぁ」

「すぐテレビに影響されるんですから、あんまりグルメ番組ばっかり観るのはやめてください」

「ねえ行こうよー」

おもしろいものを見つけたら、何かに興味を持ったら、前触れも何もなく走り出す。

最初は、外村が止めるのも聞かず。しばらくしてからは、問答無用で外村の手をつかんで。

それを楽しんでいる自分に外村が気づいたのは、勤め始めて二年ほど経ってからのことだ。

走っていくのだと思っていた。これからもずっと、彼はこうやって。自分を振り回して。自分は「やれやれ」と息をつきながら、ついていくのだと信じていた。それも悪くはないと思っていたのだ。

しかし、どうやらそれは不可能らしい。

無自覚のままゆっくりと時間をかけて、しかし結果としては劇的に、外村の人生を変えた男高原智秋。

彼はもうすぐ死ぬ。

＊

「高原先生って紅茶党だよね？　あたし葉っぱ持ってきたの、カレルチャペックの季節限定の」

半年ほど前から通ってきている押しかけアシスタントの安藤七海《あんどうななみ》が、少女趣味なデザインの真っ赤な缶を掲げて外村を見上げてくる。高原の顧客の娘で、行儀見習いと称して二日とあけずに訪ねてくる十七歳の彼女が、高原に恋愛感情に似た憧《あこが》れを抱いていることを外村は知っていた。

彼女は大抵高原が忙しくない時を見計らって訪ねてくるので、ポットいっぱいのコーヒーを一人で三時間で消費する高原を見たことはない。たまに忙しい時に来てしまっても、高原が真剣に仕事をしている間は、おとなしく別室で一段落つくまで待っていた。彼女は、高原の役に立つこととそばにいることを何より望み、彼に迷惑をかけること、嫌われることを何より怖れていた。

「ね、先生！　見て見て、おすすめの紅茶……って、あれ、お出かけ？」

「うん、ちょっとね」

お茶は帰ってきてからね、と片手をあげて高原は上着を着る。

七海は不満そうだったが、それでも「いってらっしゃい」と手を振った。

外村も頭を下げる。高原は、「うん」とだけ応《こた》えて笑った。

病院に行くのだと、外村は知っている。七海は知らない。

七海は何も知らない。高原が何も言わないからだ。外村も長い間、気づかなかった。外村がそれを知っているのは、掃除をしている時に大量の薬を発見して、ついでに診察券も同じ引き出しに入れてあってそれも見てしまって、観念した高原が話してくれたからだ。

「治らないんだってさ」

他人事《ひとごと》のように落ち着いた口調で、高原は教えてくれた。

「目の裏のとこ、んーとここらへん？　よくわかんないけど、とにかく摘出不可能な所に腫瘍《しゅよう》ができてるらしくて。だから時々くる眩暈《めまい》とか、結構ひどいんだよね。まぁ薬もあるし、まだしばらくはなんとかなるでしょ」

詳しいことは今も知らない。専門的なことを聞いてもどうせ理解できないとわかっていた。重要なのは、高原の体はそう長くはもたないということだ。それを知っている人間はごくわずかで、外村はその一人だった。

高原は仕事を続けている。

普段の生活も、病人だということを忘れてしまいそうなほど、以前と変わらない。さすがに仕事の量は調節しているようだったが、その分調べ物をしている時間が増えた。

人脈とインターネットを駆使し、何かの情報を集めているらしい。家政夫という名目で雇われたはずが、書類整理だのスケジュール管理だの、いつのまにか秘書の仕事までやることになっていた外村だが、この調べ物に関しては仕事の関係ではないからと、高原は外村には手伝わせなかった。彼が熱心に何を調べているのか、それすらも外村は知らされていない。

病院から帰ってきた高原は、根気良く待っていた七海の手土産の紅茶を飲んで、少し次の仕事の書類を読んで、七海が帰ってから目頭を押さえて外村に「水ちょうだい」と言った。

薬の量が増えた気がする。そう思いながら、外村はコップに水を汲《く》み、水差しと一緒にトレイにのせてデスクまで持っていく。デスク上にはパソコンがあるので、水差しはソファの脇のガラステーブルへ下ろし、コップだけを手渡した。

「どうぞ、先生」

「ん、ありがと……」

片手の親指で錠剤をフィルムから押し出し、空いている方の手をコップへと伸ばす。

白い錠剤は、デスクに当たりカツンとかすかな音をたてて床へと落ちた。

「あ、」

拾おうと椅子から立ち上がりかけて、――そのまま、がくんと高原の膝《ひざ》が崩れた。前にのめる体を、デスクのふちに手をかけて支える。

「先生！」

「……平気。ちょっと眩暈……あー……」

そのまま床の上に脚を投げ出して座りこみ、デスクの引き出し部分に背を預けて天井を仰ぐ。目を閉じて、何かをやり過ごすようにしばらく動かずにいた。

「……ベッドか、ソファに行きますか？」

「んー。大丈夫。薬くれる？」

のろのろと立ち上がり、自力でソファへと移動する。外村に渡された薬を全部飲むと、空のコップをテーブルに置いてまた目を閉じた。

「……トノちゃん」

「はい」

「そこのデスクの引き出しにさ、茶封筒が入ってるから。ぶ厚いやつ。三段目、開けてみてくれる?」

「……はい」

言われるままに開けてみた引き出しの三段目には、それしか入っていなかった。厚みのある、大判の封筒。しっかりと封がしてある。

これですか、と差し出すと、「トノちゃんが管理しといて」と返された。

「でもまだ開けちゃだめだよ。くれぐれも紛失しないように」

「はぁ……何ですか、これ」

「ラブレター?」

「……先生」

冗談を言っている場合かと、たしなめる口調で名を呼べば「いやいやホント」と笑われる。

「俺が死んだらその時開けてよ」

笑顔のままで言われた言葉には、どう応えればいいのか、それすらわからなかった。

高原はソファの肘掛《ひじか》けに手をついて立ち上がり、「昼寝しよっと」と奥の自室へ歩いていった。

外村は封筒をしまう場所を考えながら、食器を洗った。

＊

先生最近顔色よくないよね、と、外村の横で苺《いちご》のへたをとるのを手伝いながら七海が言った。見るからに上等の粒の大きな苺は、七海が自宅から持ってきたものだ。

「疲れてるのかなぁ」

貰《もら》い物だけど、パパは果物食べないし、先生へのお土産にしなさいって。そう言って彼女が抱えてきた九州産の苺は、高級な菓子のように紙箱に詰められていた。七海の父は、七海が高原の事務所に入り浸るようになってから、気を遣って毎回のように娘に手土産を持たせる。

高校に入る前から自傷癖があったという七海が、自室で手首を切り救急車で運ばれたのは十六の時だったと聞いている。外村は、詳しい事情は知らない。退院した後、学校へも行かず自宅で「療養」していた七海が、どういういきさつで父親の顧問弁護士である高原の事務所に通いつめることになったのかも。ただ、応接室で父親を待っていた高原に話し掛けたのは七海の方だったと、本人が教えてくれた。

「よく家に来るから、顔は知ってたの。かっこいい人だなって思ったし。何かね、すごく堂々としてるでしょ。弁護士さんって、そういう感じ、しない？　自信持って、胸張ってしゃべるみたいな……あたしにはできないなとか、思いながら見てた」

初めて二人きりで対面したその時、七海の左手にはまだ包帯が巻かれていたのだという。高原の目が一瞬それに向けられたことに七海は気づいて、「パパから聞いてるでしょ」と言い、高原は「相談されたよ」と応えた。それが最初に交わした言葉だったそうだ。

「同情するか、お説教するか、扱いに困って目をそらすかだと思ったの。大抵大人はそういう反応だから。それとも、弁護士はこういう女子高生の扱いにも慣れてるのかなってちょっとだけ期待もした。何かパパといる時はにこにこしてることが多かったから、その時も笑顔で親しげなこと言って取り繕って終わりってパターンもありかな、とか……そしたら、そんな上っ面だけ優しそうなこと言っても懐柔なんかされないってとこ見せてやろうと思ってた。でも、先生は笑わなかったの」

高原はにこりともせず、「もったいない」と言ったそうだ。七海の傷を一瞥《いちべつ》し、「俺なら絶対にそんなことはしない」と。

「お説教か、と思ってそう言ったら、『意見を言っただけだ』って。命を粗末にする人間は尊敬できない、わざわざ忠告する気にもならないって、言うの。あたしは自殺するつもりで手首を切ったんじゃなかった、なんていうか、こう……実感がなくて、自分の存在を確かめたいっていうか……そういうのがあったのかも。自分でもはっきりとはわからないけど、その痛みが自分には必要な気がしてた。だから切ったの。あたし、そんな、初めて話した相手に冷たいこと言われて、腹が立って、だからそう言ったんだ。痛みが欲しくて、そのために切っただけだって。あなたにはわからないだろうけど、あたしには必要な痛みなんだって。そしたら、」

先生、言ったの。

「痛みなんてただの信号だ」

その時はすごく腹が立って、階段を駆け上がって部屋に閉じこもって、枕を壁に叩《たた》きつけて、ベッドにもぐりこんでも全然眠れなかった。そう言って、恥ずかしそうに七海は笑った。

「でもその日以来、手首を切りたいとは思わなくなったの」

七海が初めて事務所に来た時、外村は、高原が援助交際でもしているのかと思ったものだ。制服見せに来たんだよ、とプリーツスカートのすそをつまんでみせる七海に、高原はかなり本気で慌てていた。

「あそこの弁護士は事務所に女子高生を連れ込んでいるらしい、なんて噂が立ったら信用問題だよもう……」

そう言って彼が嘆いている所へ七海の父親から電話が入り、迷惑をかけてすまないがよろしく頼むとまで言われてしまった。電話を切った後、デスクに突っ伏して頭を抱えていた高原を外村は覚えている。

上客からの頼みを無下にするわけにもいかず、その日から七海は度々事務所に出入りするようになったのだった。

「俺はカウンセラーじゃないっての」などと最初は文句を言っていた高原だったが、なんだかんだ言いながら相手をしてやっているうちに情が移ってしまったらしい。今では、彼女の訪問も当たり前のように受け止めている。

七海が来ると事務所が明るくなるような気がして、外村も彼女の訪問が嫌ではなかった。

「せんせー、苺だよー。コンデンスミルクもいる？　粉砂糖もあるよ」

「……牛乳かけて食べる。苺は潰《つぶ》して」

「まかせて！　あたし苺潰すの超うまいんだよ」

高原の方から用事を言いつけるのは珍しいので、七海は嬉々《きき》として苺を潰している。

ノートパソコンのモニターを眺めながら、高原は何か考えているようだった。

七海が苺の器を持ってくると、電源を切ってぱたりと蓋《ふた》を閉じてしまう。

「はい先生」

「ん。ありがと。……俺もそっちで食べるよ」

ガラスの器をうけとって、ソファへと移動する。七海と並んで苺を食べながら、高原の目がちらりと時計に向けられたのに気づき、

「この後何か予定が？」

外村が訊《き》くと、高原は「ちょっとね」と曖昧《あいまい》に笑った。病院に行くのを七海に隠すときと似ている。しかし、今日は病院に行く予定はないはずだった。

たまに、大学の後輩だという青年と会って何やら話しているようだから、今回も彼と会うのかもしれない。プライベートには立ち入らないようにしているのでどんな関係かは知らないが、仕事上のつきあいとは思えず、かといって友人というほど親しそうでもなく、何の話をしているのだろうと気にはなっていた。

しかし勿論《もちろん》、外村は、高原が言おうとしないことを詮索《せんさく》し干渉する立場にはない。

「これ食べたら出かけてくる。夕飯は家で食べるから」

「はい」

「七海ちゃんは遅くならないうちに帰りなよ？」

「……はあい」

不満そうだったが、七海は従順に頷《うなず》いた。高原は苺をたいらげ、苺の汁が混ざってピンク色になった牛乳も一滴も残さず飲み干してから立ち上がる。

「……あ、そうだ」

薄手のコートを着て、ブリーフケースに手を伸ばしながら思い出したように言って、まだソファに座っている七海と、そのそばに立っている外村とを振り返った。

「一応訊いておくけどさ。記憶屋って知ってる？」

耳慣れない言葉だ。七海が首を傾げる。外村と顔を見合わせた。

「キオクヤ……ですか？」

「知らないんならいい。じゃ、行ってくる」

高原はコートのすそを翻し、あっさりと背を向け出て行ってしまう。ぱたん、とドアが閉まり、外村は「いってらっしゃい」を言うタイミングを逃したことに気づく。

変な先生、と七海が呟《つぶや》いた。

高原が脈絡もなく、おかしなことを言い出すのはよくあることだ。しかし。

(記憶屋……)

その不思議な響きは妙に、耳に残った。

＊

初めて記憶屋という名前を耳にしてから数日後。遊びに来た七海と高原に紅茶を出して、自分のデスクに戻った際、ふと思い出して私物のノートパソコンで調べてみたところ、「記憶屋」というのは一種の都市伝説であるらしいことがわかった。

かなりマイナーな部類に属するものらしく、他の有名な都市伝説と比べても明らかに、記憶屋自体に関する情報は少ない。それでも、検索サイトの一番上にあがってきた都市伝説研究のサイトの掲示板に書き込みをして情報を募ると、いくらかの情報は集まった。

記憶屋は、依頼者の、消してしまいたい記憶を消してくれるのだという。どこかの公園のベンチで待っていれば現れる、という説もあれば、悩んでいると記憶屋の方から声をかけてくるという説もあり、その正体も、妖怪《ようかい》だとか催眠術師だとか、色々なバージョンがあるようだった。都市伝説というのはそもそもそういうものらしい。とにかく、記憶屋という存在自体が、眉唾《まゆつば》ものの噂話なのだ。
高原が何故、そんな噂話のことを自分達に訊いてきたのか、わからない。たまたまどこかで耳にして、気になっただけだろうか？
『この話がマイナーなのって、ストーリーがないからだと思うんですよ』
イノキチ、というハンドルネームの男（おそらく）の発言が、チャットの画面上に現れた。外村の書き込みに、最初に応《こた》えてくれた男だ。
『下校途中の小学生が一人で歩いていると……みたいな導入も、普通の犬が振り向いたら人の顔だったとか、女がマスクをとったら口が裂けていた、みたいなヤマも、そして子供は口を裂かれた、とかいうオチもないでしょ。盛り上がりに欠けるんですよ』
さやか：『そういえばそうですね。あたしもこのサイトに来るまで知りませんでしたもん。やっぱりストーリーがある方がおもしろいですもんねー』
ムーミン：『でもその割に、最近よく聞きません？　こないだも誰か、記憶屋のこと調べてませんでした？』
イノキチ：『fallさんですね。覚えてますよ、俺が情報提供したんで≦』
ムーミン：『マイナーな分、研究のしがいはあるかもしれませんね』
イコ：『今日は来てないけど、ＲＹＯさんも記憶屋専門よね』

さやか：『ひそかにブームになってたりします？（笑）Aさん（エースさんって読むんですか？）も記憶屋について調べてるんですよね？』

A、は外村が適当に決めたハンドルネームだ。アッシの頭文字でA。深い意味はない。
「さやか」の発言に返事を打とうとして、手を止める。

自分の前に、記憶屋について調べている人間がいた？　それも最近。

（fall）

秋。

……自分が本名の頭文字から安易にハンドルネームを決めたように、このfallという名前も、本名からとったものなら。

（先生？）

高原が最近、一人で調べていたのはこれなのか？

自分に宛てられた発言に返信を終えて、パソコンの電源を落としながら考える。

思いつきで行動しているようで、根底にある部分は酷《ひど》く現実的な高原が、仕事の合間を縫って都市伝説研究に熱中するとは考えにくい。ましてや、彼には時間がないのだ。

高原は決して、無意味なことはしない。馬鹿げているように見えても、必ずそこには理由があるのだ。

考える。

高原の調べていることに、記憶屋の噂が関係しているのか？　それとも、記憶屋そのものについて知りたくて調べているのか。仕事の関係ではないと、高原は言っていた。後者だとしたら。

個人的に、高原が、記憶屋の情報を集めている理由。

（消したい記憶だけを消してくれる）

記憶屋の存在が、噂話の中だけのものではないとしたら？

それこそ有り得ない、と首を振り、それでも捨てきれない仮説があった。

記憶を消してくれる魔法使いだの、妖怪だの。そんなものが存在するとは、到底信じられないけれど――その話の元となった何かなら、存在していてもおかしくはないのではないか。たとえば、大っぴらに宣伝はできないような催眠術師だとか、脳外科の研究所だとか、そういう。

有り得ないことではないかもしれない、それなら。

高原も、そう思ったのではないだろうか？

どんな方法だとしても、消したい記憶だけを綺麗《きれい》に消すことができる、そんな可能性があるのなら。

（俺だったら、何を頼むだろう）

時計に目をやり、そろそろ食事の用意をしなくてはと立ち上がる。

手元でした、椅子を引く音と重なるように、

——七海の悲鳴が聞こえた。

中途半端に引いていた椅子を蹴《け》って走った。ドアを開けた。

立っている七海と、彼女の足下に片膝《かたひざ》をついている高原が見えた。

予想の範疇《はんちゅう》のことだった。落ち着いて息を吸い、歩み寄る。

「……先生」

「……いつものヤツ。大したことないよ」

小声でのやりとり。立ち上がろうとする高原に、手を貸してソファに座らせた。

顔色が悪い。いつもよりも酷いらしい。

先生、先生、と、七海は半狂乱になっている。ソファに縋《すが》りつくようにして、何度も名を呼んだ。

「大丈夫……」

吐息交じりの声も弱々しく、高原は目を閉じたままぐったりとソファに体を預けている。

外村は、取り乱している七海を宥《なだ》めようとしたが、彼女はその手を振り払った。

「救急車！　救急車呼ばなきゃ」

泣きながら言って、立ち上がる。電話の位置もわからないほどに混乱しているらしく、電話、救急車、とそればかりを繰り返した。

「七海ちゃん」

ゆっくりとあがった高原の手が、七海の腕、手首の上あたりをゆるくつかみ、

「大丈夫だから。救急車なんて呼ぶほどじゃないよ」

——七海は動きを止め、一呼吸おいて、わっと声をあげて泣き出した。

「心臓止まるかと思ったんだから……！　先生顔、真っ白で、あたし」

「最近寝不足だったたから。ちょっと疲れてるだけだよ」

「手、すごい冷たいし……！」

「貧血かも、鉄分とらなきゃね」

「死んじゃうかと思ったんだから……ッ」

ごめんね、と高原は苦笑した。

床に座りこんでわんわんと泣きつづけていた七海の肩の震えが、ようやく少し落ち着いてくる。しゃくりあげながら、あたしも死ぬから、とかすれた声が言った。

「先生が死んだらあたしも死ぬから！」

彼女の目は泣きすぎて真っ赤で、目の周りは落ちたマスカラのせいで黒かった。顔中、濡《ぬ》れていない場所はないくらいにぐしゃぐしゃになっていた。

言葉だけでないことは、外村も、おそらく高原も、わかっていた。七海には、そういう危険なところがある。

大げさだなぁ、と高原はまた笑って、彼女の頭を撫《な》でた。

＊

昼食の用意ができたと高原を呼びに行った、彼の私室のドアの前で、外村は立ち止まった。ノックしようとあげかけた手を止める。

誰かと話している高原の声が漏れ聞こえていた。

高原の部屋に電話はない。客が来た様子もなかったから、携帯電話で話しているのだろう。特に薄いわけではないドアごしの声からは、会話の内容を推し量ることは難しかったが、一言だけ、ひと繋《つな》がりで拾えた言葉があった。

お待ちしていますよ、記憶屋さん。

記憶屋さん、と。

高原はそう、相手を呼んだのだ。

(消してしまいたい記憶を消してくれる)

どこにいるかわからない、いるという確証なんてない、でもどこかにいるかもしれない噂の中の存在。

そう名乗る相手と、高原は話している？

電話が切られた気配がしたので、高原が出てくる前にと慌ててノックをする。どーぞ、と返事が返ってきたので、食事の用意ができたと伝えた。高原はすぐに出てくる。

「ありがと。お昼何？」

「サンドイッチです。きゅうりとブルーチーズ、サーモン、海老《えび》とアボカドの三種類と、あとはポテトサラダを」

「へえ、おいしそうだね」

メニューは高原のお気に召したようだ。

七海は今日は来ていない。念のため彼女の分も作っておいたのだが、これは自分の夜食にでもしよう。

「今日、ごはん食べたらこの後出かけるから。トノちゃんも自由にしてていいよ」

「いつ頃お帰りですか？」

「夕食までには帰るよ。ちょっと人と会うだけだから」

「そうですか」

仕事ですかと尋ねれば、まぁねと曖昧《あいまい》に返される。いつもなら客と会う時はこの事務所を使うのに、外で仕事の話をするのは珍しい。

……何か、隠されている気がする。先ほどの電話のことも気になった。

これから会うというのは、あの電話の相手なのだろうか。記憶屋、と呼んでいた？

記憶の操作ができる誰か、もしくは組織が、本当に存在するのかはわからない。しかし、高原がそれを信じているのなら。信じて、何かしようとしているのなら。

昼食を終えると、高原は薄いブリーフケースだけを持って出て行った。

自由にしていていいと言われたのだから、と自分自身に言い訳をして、こっそりと後を追う。高原は歩くのが早い方ではないから、見失う前に追いついた。距離をとってついていく。

高原は、通りに面した二つのサイドがガラス張りになっている、大きな喫茶店に入っていった。ガラスごしに、観葉植物で区切られた端の席に彼が座るのが見える。待ち合わせの相手は、まだ来ていないようだ。

店内にまでついていったら、さすがにばれるだろう。どうしようかと迷ってから、車道を挟んだ反対側の歩道へ渡り、高原の席の見える場所を選んで、ファストフード店の植え込みのふちに腰をかけた。人を待っているふりでもしていれば怪しまれないだろう。と、思いたい。

平日の昼間だからか、店にはさほど客は入っていないようだった。新しい客がドアをくぐる度に、あれが高原の待ち人だろうかと目をこらしてしまう。しばらく経ってから高原の前の席に座った推定「記憶屋」は、外村が予想していた人物像とは大分違っていた。

「記憶屋」が個人ではなく組織ならば、カムフラージュのためにそれらしくない人間を使いに立てたのかもしれない。事情はどうでもいい、「記憶屋」が噂通りの存在ならば。

高原は真剣な顔で、「記憶屋」と何か話している。ビジネスの話をしている時の顔だった。

今話している相手が「記憶屋」ならば、その能力は本物なのだろうと、それで確信する。高原は、信頼できない相手とは取引をしない。記憶屋に依頼をするつもりなら、その能力の真偽は確かめているだろう。

道路とガラス一枚を隔てたところに、記憶を消去できる人間がいる。そして高原と話をしている。

高原が何をしようとしているのか、予想はついていた。

外村はじっと、二人の話が終わるのを待った。

一時間ほどで、高原の方が先に席を立った。ブリーフケースの中身をテーブルの上に残し、代わりに伝票をとって店を出る。彼が出て行って間もなく、「記憶屋」の方も腰をあげた。

高原が角を曲がっていったのを見届けてから、道の向こう側へ渡る。

ゆっくりと歩いている「記憶屋」の背に、外村はすぐに追いついた。

何と声をかければいいのか、一瞬の躊躇《ちゅうちょ》。

「……記憶屋、さん！」

──「記憶屋」は足を止めた。

「待ってください」

ゆっくりと振り返る。

目が合った。

瞬間、直感する。本物だ。静かに見返してくるその目は、外村の呼びかけに真正面から応《こた》えていた。

記憶屋さん、と呼ばれ、振り向いたのだ。

「俺は、高原先生の事務所で働いている外村と言います。先生に、何か依頼されたんですか」

「記憶屋」は頷《うなず》いた。

「……何を、ですか」

「それは言えません」

予想していた答えだったので、それ以上訊《き》くことはしない。想像はついた。高原は記憶屋を探していることを自分にも黙っていた。だから、自分に知られては困ることなのだろうと思った。

「では、……俺の依頼も、聞いてもらえますか」

「依頼の内容によりますが」

自分の声が落ち着いているのが不思議だった。心臓はかなりの速さで打っていた。

「自分ではなく、他人の記憶を、消してもらうことはできますか」

「……それも、場合によります」

「記憶屋」は淡々と答える。

「悪用しようと思えば、際限なく悪用できてしまいますから。……話を聞いてから、調査し、考えて、決めます」

促すような視線を向けられ、外村は一度深く息を吸った。「記憶屋」の存在を信じ始めたときから、考えていたことだった。叶《かな》うわけがないと一度は振り払った、しかしもし叶うなら。

口にしてしまえば酷《ひど》く大それたことのような気がして、無意識のうちに足が震えた。

「――治らない病人に、自分がもうすぐ死ぬということを忘れさせることは。できますか」

思いあがりもはなはだしい、自分にこんなことを願う権利などあるはずがない。

わかっていても、可能性があるとわかれば口に出さずにはいられなかった。

……高原に知られたら確実に怒らせてしまうだろう、けれどこれは同情ではない。彼を哀れんでいるわけではない、ただ自分が、耐えられないだけだ。

高原は自分が死ぬことを知っている。知っているのに、忘れたかのように振舞っている。

それを見ているのが、ときどき酷く辛《つら》くなる。外村さえも、一瞬忘れてしまいそうになるほどに、高原が明るいから。

外村の方が、高原の努力を無駄にしてしまいそうで、死なないでくださいと馬鹿なことを言ってしまいそうで。高原の望む、終末の気配のない日常を、自分が壊してしまいそうで怖かった。その日が来るのが怖いですと、本当は誰よりも辛いはずの高原に、身勝手な恐怖を打ち明けてしまいそうだった。無理をしないでくださいなどと、救えるはずもない相手に言ってしまいそうだった。それが怖かった。

もしも高原が、本当に忘れているのならどんなにかと、何度も思った。

それならば自分は最後まで、彼の望んだ、不自然なまでに自然な日常を演じていられる。最後の瞬間まで、彼が気づかないように。

「記憶屋」は、少しの沈黙の後、口を開いた。

「……できます。でも」

一度そこで口をつぐみ、

「この場合は、多分……問題があります」

視線が、外村の肩ごしに後方へ向けられる。

外村が振り向くより早く、声がした。

「当事者の俺が記憶屋の存在を知ってて、嫌だって言ってるからだよ」

心臓が跳ねる。

振り返ると、予想した通りの人間が立っていた。先ほど歩き去ったはずの。

「先生……」

「ばれちゃったか。まあしょうがないね、トノちゃん結構鋭いから」

諦《あきら》めたような苦笑。それから、「記憶屋」に「どーも」と会釈をする。「記憶屋」はちらりと外村を見てから、

「……そっくりですね。雇い主さんと」

「つきあい長いんで。……こういう時は困りますけどね」

短い言葉を「記憶屋」と交わした後で、高原は外村に向き直る。

「俺は同意しないよ。記憶屋さんは、嫌がる相手の記憶を無理矢理《やり》消したりはしないんだってさ。だからトノちゃんの依頼は無効」

タイムリミットがあるってこと忘れて、無駄に時間過ごしちゃうなんて我慢できないしさ。そう、いつものように、さらりと軽い口調で言って、アスファルトに引かれた、車道を区切る白い線の辺りに視線を泳がせながら僅《わず》かに目を細めた。

それでは、やはり。

高原は、彼自身の記憶ではなく、他の誰かの記憶の消去を「記憶屋」に依頼したのだ。

「記憶屋」はそれを受けたのだろうか。高原は誰の記憶を、消そうとしていたのだろうか？

「心配しなくても、トノちゃんじゃないよ」

外村の不安を見透かしたかのように、高原が言った。

そんな顔しないでよと、子供に対するような口調。自分がどんな顔をしていたのか外村に自覚はない。

仕方ないなぁというように笑いながら、

「帰ろ、トノちゃん」

高原が言った。「記憶屋」は黙っている。

外村は「記憶屋」に頭を下げ、高原に頷いた。

「はい。先生」

泣きたかった。

＊

外村は「寝不足だから」というごく単純な言い訳で随分と長い間ごまかされていたが、病気のことを打ち明けられる前から、高原が眩暈《めまい》を起こすことは何度かあった。治らない病気だと知った直後に初めて目の前で昏倒《こんとう》されて、死ぬほど驚いたのを覚えている。

長身の彼を苦労して寝室まで運び、救急車を呼ばなければと気づいたところで高原は目を覚ました。そして、水とワインと牛乳、蜂蜜《はちみつ》レモンに卵酒まで用意して、どれがいいですかと訊いた外村に、「風邪引いてるわけじゃないんだから」と笑った。

その時初めて、高原と死について話をしたのだ。彼は、卵酒を一口飲んで「まずい」と舌を出し、結局鉄分鉄分、などと言いながら牛乳を飲んでいた。

「俺さぁ、職業柄感謝されたり恨まれたり、仕事上では結構色々あるわけだけど」

穏やかな声と表情で、高原は話し出した。

「特別好きってわけじゃないけど何かおもしろい奴だったなって皆に思われてるのが理想だったの。死んでも泣くほどじゃないけど、葬式くらい出てやってもいいかって思えるような」

大事そうにカップを手のひらで包んで、ふうふうと吹きながら。

「そしたらさ、俺の葬式って、すごく綺麗《きれい》に終わりそうじゃない？　わんわん泣いてる人もいなければ、欠伸《あくび》嚙み殺してる人もいない。俺の顔も知らないような繫《つな》がり薄い人は招かないから、お義理で仕方なく出席してつまらなそうにしてる人とかは一人もいないお葬式だよ」

スマートでスタイリッシュ。俺の人生の締めくくりにふさわしいよね。

少しだけ甘くした熱い牛乳をすすりながら、そんなことを言っては唇の端で笑う。

「病気のことわかってからは特にね、そう思うようになった」

目を閉じて、ゆっくりと味わうように少し黙る。

自分の葬式の様子を思い描いているのだろうか。

無口というより口下手な外村は、こんな時何を言ったらいいのかわからなくて困る。

「……安藤さんは、泣くと思います」

七海の名前を出すと、高原はカップから顔をあげて苦笑した。

「だね。失敗したなぁ」

彼は、唯一病気のことを知っている外村に対しても、決して弱音を吐かなかった。たまに自分が死ぬときの話をしても、大抵は一週間先のスケジュールについて話す時のような気軽さで、取り乱すことはない。無理をしているのだろうとは思ったが、少しの乱れもほころびも、その表情からは読み取れなかった。完璧《かんぺき》な演技だった。うっかり騙《だま》されてしまいそうなほど。

笑顔の彼が仕事に出ていくのを見送った後、ふ、と彼が不治の病人であることを思い出し、たまらなくなることがある。

病気のことを知ってから、より深く高原智秋という人間を知った気がしていた。

そして、もうしばらくしたら彼がいなくなってしまうことを、日に日に恐ろしいと思うようになった。それだけ、彼が重要な位置を占めるようになっていた。


「トノちゃーん、コーヒー入れてよ」

呼ぶ声に我に返った。はい、と応《こた》えてキッチンから顔を出すと、高原はデスクの椅子に座ったまま伸びをしていた。

「疲れたー、休憩。肩こっちゃったー」

「休憩されるなら、お茶にしますか。茶菓子もありますし……コーヒーの方がいいなら勿論《もちろん》すぐ用意しますが」

「ん、じゃお茶で。トノちゃんまた何か作ったの？」

「大したものじゃないんですけど。日本茶でいいですか」

「うん」

一人用の小さい急須《きゅうす》で緑茶を淹《い》れて、茶菓子の皿と一緒に持っていく。高原はパソコンを閉じて脇へどけて、デスクの上にスペースを作って待っていた。今日はここで食べるつもりらしい。

「あ、おはぎだ。これ作ったの？　すごいね相変わらず」

「簡単なんです」

「でも、おはぎを自分で作る人って今時珍しいかも。……そっかぁ、もうお彼岸だもんね」

金属製の楊枝《ようじ》で軟らかい餅《もち》を切りながら、高原は卓上のカレンダーに目をやる。

「そういえば七海ちゃん、昨日も来なかったね。今日もまだ来てないし。金曜土曜はほぼ毎週来てたのにさ」

「ご家族で温泉旅行の予定があると、先週……」

「そうだったっけ。忘れてた」

熱い緑茶を一口すすり、

「七海ちゃんさぁ、ちゃんと友達とか彼氏とか？　いるのかなぁ。……友達はいるか。こないだプリクラ見せられた」

「安藤氏が、先生のおかげだと感謝していらっしゃいました」

「俺は関係ないでしょ。たまたま、俺のとこに通い出したのと学校に復帰したのとが同時期だったってだけで」

「……安藤氏は、そうは思っていないようですよ」

「まぁお得意さんだし、心証いいに越したことはないけどねー」

高原がどう思っていようが、七海がリストカットをやめたきっかけは高原の言葉だ。外村は七海本人から聞いて知っている。高原が彼女に与えた影響が、それだけではないことも、二人を見ていればわかった。高原が気づいていないはずもなかった。

「彼女、ですか」

思わず口に出していた。

脈絡もなく突然投げかけられた質問に、高原は楊枝を動かす手を止め、わずかに首を傾けて外村を見る。

それからすぐに、「ああ」と得心がいったように頷《うなず》いた。

「うん。まあね、確実に消してくれるかどうかはわからないけど……好かれすぎないようにしてたんだけどね。このままじゃ本当に、後追いとかしちゃいそうだからさ」

彼は質問の意味を正確に理解したようだ。

「記憶屋に噂通りの能力があるってことは、ちゃんと調べて確認してあるんだよ。裏とったり証拠集めたりとか？　ほら俺の場合、職業柄さ。……自分の、どうってことない記憶を記憶屋に消してもらって、その能力が本物かどうか確かめたわけ。あらかじめ証拠写真とメモを用意しておいて、それと照らし合わせてね。単純な確認方法だけどさ。だから、記憶屋に記憶を消す力があるってことは確かなんだけど……依頼者本人の記憶じゃなくて、他人の記憶をいじる場合は、やっぱり色々調査するんだって。依頼人が嘘ついてないかとか、動機とか状況とか、記憶屋が実際にチェックして、依頼を受けるか決めるんだって……だから、遂行されるかどうかはまだわからない」

餅の切れはしに餡《あん》をまぶして口に運び、湯飲みに口をつける。

緑茶のおかわりが必要になりそうだ、と思いながら外村は高原の声を聞いていた。

「いつ、わかるんですか」

「俺が死んだ後かな」

「――――」

「大丈夫、俺自身は確認できないけど、だめだった時のための保険はかけてあるから」

「保険……ですか？」

高原はそれには答えず、睫毛《まつげ》を伏せるようにして少し目を細めた。

置かれた境遇を考えれば当然のことなのかもしれないが、時折こうして、彼は年齢に似合わない諦観《ていかん》を感じさせる表情をする。

ふと顔をあげ、にこりと笑って、このおはぎおいしいね、と言った。

これ以上の追及はしないでくれと、暗に言われている。仕方ないとあきらめて息をつき、外村は強張《こわば》りかけた肩の力を抜いた。

自分にまで、記憶屋が必要だと思われたくはない。

「まだありますよ」

「じゃ、も一つ食べようかな」

空いた皿を下げて、キッチンへ戻る。

「お彼岸ってさ、死んだ人の魂が帰ってくるんだっけ」

背後から聞こえてきた声に、足が止まった。外村の意思に反して、凍りつくように。

「ああ違った、それはお盆か。お彼岸は先祖の供養だね」

いつも通りの穏やかな口調で、高原は続ける。

「俺、実家とは折り合いよくないしなぁ。お盆に俺の魂が戻ってきたらさ、トノちゃん、追い返さないで迎えてやってよね」

はい、とも何とも、応えることなどできなかった。高原に背を向けていてよかったと思った。

おはぎ、持ってきます。感情を殺した声でそれだけ言って、キッチンへ戻る。逃げるように。

最近、高原の視力が落ちてきているらしいことは知っていた。ペンや箸《はし》を持つ高原の指が震えるのにも気づいていた。

　仕事中以外にもかけていることが多くなった眼鏡に気づかないふりをした。黙って、箸よりフォークやスプーンで食べられる料理を作るようにした。外村からは触れずにいた。けれどそれで、事実が変わるわけではなかった。

　高原はそれに気づいている。だからこうして時々、「これから」を匂わせることを言う。まるで練習をするように。少しずつ、外村を慣らそうとするかのように。

　食器棚を引き倒して大声で泣きたかった。


「ごめんねトノちゃん」

　二つ目のおはぎを、ゆっくり時間をかけて食べながら、高原は口を開く。

　どういう意味の「ごめん」なのかわからなくて返事をしあぐねていると、俺って結構ひどい奴だなと自分でも思うよ、と苦笑された。

「でも、トノちゃんは覚えてて。七海ちゃんが俺のこと忘れても、俺がいなくなっちゃってもさ」

　目を細めて、こんなことまで笑顔で言う。

「俺の生きてるとこも、死ぬとこも。トノちゃんは見て、忘れないでいてよ」

　わかっているよと、わかっていてやっていることなんだよと言外に。

あらゆる意味での「ごめん」なのだと、それでわかった。

涙ぐみそうになる。この人の前で泣くなんて、絶対にしてはいけないと自分に課したタブーだった。よほど情けない顔をしていたのか、高原はまた少し笑い、

「自分のこと、泣くほど惜しんでくれる人を作っちゃったのは確かに失敗だけど。それよりもっと重大な失敗は、笑ってバイバイするのが難しいくらい、『俺が』好きな人たちを作っちゃったことかな」

今度こそ視界が滲《にじ》んで、外村は慌てて唇を噛《か》み締めた。

＊

デスクの椅子で高原が居眠りをしている。天気が良くて、午前中特有の白っぽい日の光が部屋に差し込んでいた。

直射日光は体に障るのではないかと思い、いや朝日なら大丈夫かもしれない、逆に全く日光に当たらない方が体によくないのかもしれないと思い直す。

声をかけようかどうしようか迷った。

暑ければ自分で起きるだろう、高原は子供ではないのだし、自分はただの使用人なのだし。そう思いながらも、気になってついつい見てしまう。

いつのまにこんなにも色味を失ったのか、高原の頬は随分と白い。

朝の光で輪郭が溶かされるようにぼやけて、そのまま消えていなくなりそうで怖くなった。

「……先生」

消える、わけがない。

そんなこと有り得ないと、わかっているのに怖い。上ずりそうになる声で名を呼ぶと、高原はゆっくりと目を開けた。

息をつく。安堵《あんど》した。

当たり前のことにこんなにも安心している自分がおかしくなる。何を怖れていたのか。

「この後も、お仕事でしょう。ちゃんと起きてください、目覚ましのお茶を入れますから」

「……んー」

高原は座ったまま伸びをして、こきこきと首を鳴らす。

「……お茶はいいや。もう行かなきゃ」

無造作にデスクチェアの腰かけ部分に片手をついて立ち上がり、歩き出した。

「先生？」

「いってきまーす」

ひらりと片手を振ってドアを開けて外へ出る。スーツの上着が掛けたままになっているのに気づいて、慌ててハンガーから外して後を追った。

「先生、上着」

白い廊下、数歩先を歩いている背中を呼び止める。駆け寄ろうとすると、高原が振り向いて笑った。声をたてずに、仕方ないよというように。

外村は、それが夢だと気づいた。

＊

高原は生前、自分の持ち物の処分をほとんど済ませてしまっていたので、遺品の整理はひどく楽な仕事だった。仕事も少しずつ減らして、始末をつけていったようだ。きれいなものだった。

随分と前から、彼は死ぬ準備をしていたのだなと思った。

まだ、実感が湧かなかった。時折、誰も座っていない椅子や、わずかな乱れもなく整頓《せいとん》されたデスクを目にした時に、喉《のど》に石が詰まったように苦しくなることがあった。高原がいなくなって以来、七海にも会っていない。静かすぎる部屋の中で淡々と作業をした。

歩き出さなくてはいけなかった。わかっていた。それができないほど子供ではないつもりだった。

ただもう少しだけ、ここにいようと思っていた。

自分のデスクの引き出しから、厚みのある茶封筒を見つけたのは、事務所の掃除がほとんど完了した、夕方のことだった。

鍵《かぎ》つきの引き出しの三段目には、その封筒だけが入っている。すっかり忘れていた。今まで忘れていたのが信じられないが、本当に頭から抜け落ちていた。

「ラブレター」

そんなことを言って、高原が、自分が死んだら開けてくれと外村に渡した。

きちんと封をされた、ずしりと重いそれを高原のデスクまで持っていき、封を開ける。

中には、何種類かの書類が入っていた。権利書だとか、遺言状のようなものだとか、知り合いの弁護士の連絡先だとか。文書だけではなく、USBのメモリやCDもある。仕事の後始末についての細かい指示と、それに必要なものが残らずそこにあった。

それから、

手紙が二通。

あった。

一通には、宛先《あてさき》まできちんと書かれて切手も貼られている。七海宛だった。「保険」と、走り書きのような字のメモが、付箋《ふせん》で貼り付けてある。

もう一通には、何も書いていなかった。封もされていない。差出人の名前はなく、だからこそはっきりと、彼からだとわかった。

しばらく、飾り気のない封筒を見つめてから、裏返して開いてみる。かさり、と紙の擦《こす》れる音。

罫線《けいせん》も引いていない、シンプルな便箋に、高原の字で書いてあった。


「ありがとう。あとはよろしく。またね。それまでは生きてください」


高原の声で聞こえた、気がした。

怖くなかったはずがない、それなのに得意の舌先で恐怖心さえもくるんで煙にまいて。立て板に水のしゃべり方、彼の声は何故かいつも心地よくて、それでいつもごまかされてしまった。それなのに大事なことはいつも、こんな風に、多くを語ることはせずに。読み取れ、と。

それまでは生きてください。

短い文を何度も読み返す。

今なら泣いても、誰も見ていない。

恐怖を、不安を、押し殺して泣くのを我慢して笑っていた人はもういなかった。自分や七海のことまで心配していた、お人よしの彼は。

好かれすぎないようにと言いながら、失敗したと言いながら、自分たちを手放さなかった。少なくとも、そうできなかったほどには、自分たちが彼にとって意味のある存在だったのだと信じたい。

もう、彼のために自分ができることなんて幾らもないけれど、せめて覚えていよう。無理矢理《やり》忘れることなんてない、思い出してしまうときは思い出して、懐かしんで、感謝して、泣けばいい。

ちゃんと全部抱えながら、生きている自分の、これからはこれから考える。高原といるときは、彼がいなくなってからのことなんて考えないようにしていたけれど、これから先のことなんてまだ見えないけれど。でも絶対に、ちゃんと生きて、彼のことは忘れないようにしよう。そうすれば彼は、消えてしまったわけではなくなるから。もう二度と、手の込んだ料理をねだられることはなくても。

(生きてください)

はい、先生。

目を閉じた。息を吸うと喉が震えた。

歩き出す前に。

ありがとうございましたと、言っておけばよかった。言っていなかったと、その時気づいた。

(言葉が足りてないのは俺も同じですね先生)

瞼《まぶた》の裏、まだ鮮明な彼に語りかける。

わかってるからいいよと、笑った。気がした。

＊

ダイレクトメールに交じって、真っ白い封筒がポストに入っていた。

宛名は「安藤七海様」。学校帰りにそれを発見した七海は、封筒を裏返し、差出人の名がないことを確認して首をかしげた。

思い当たるふしはない。振ってみたが、特に何か入っている様子はなかった。その場で開けてみる。

封筒と同じ真っ白な便箋には、ほんの数行、きちんとした文字で書かれているだけだった。

「……何だろ」

意味がわからない。

おそらく、悪戯《いたずら》だろう。

七海は白い封筒と何通かのダイレクトメールを手にして、自宅のドアをくぐった。

at present 2

遼一が高原の死の報《しら》せを聞いたのは、最後に彼に会ってから、二週間ほどが経った頃だった。

記憶屋と接触したかもしれないというミサオという名の少女を捜して、西浦高校を訪れた時のことだ。来てはみたものの、校内に入ることはできず、どうすることもできずにうろうろしていると、見覚えのある少女を見かけた。

高原弁護士事務所で見かけた、あの少女だと気づいて声をかけた。彼女が西浦高校の生徒だったら、ミサオという名前の友人がいるかもしれない、そうでなくても、何らかの手がかりを得ることができるかもしれない。そう思い、

「すみません、高原さんのところで一度お会いしましたよね？」

そう声をかけた。

少女は、え、と言って振り向き、不審げな目を向けてくる。一度顔を合わせただけだから、覚えていなくても無理はない。

「あの、」

「俺、高原さんの知り合いで、吉森って言います。先月、事務所でお会いしませんでしたか？」

「……事務所？」

そこまで言っても、不審そうな表情は消えない。確かに自分は弁護士事務所に出入りしそうな人間には見えないだろうから、それも仕方がないと言えば仕方がない。

「えっと……あの、入り口ですれ違っただけですけど、覚えてませんか？　その時、俺の方は、ちょっとだけ高原さんからお話うかがって。依頼人の方の娘さんだって」

一生懸命説明すれば、怪しい者ではないということだけはわかってもらえたようだ。警戒心は薄れた様子だったが、彼女はやはりまだ困惑した表情を浮かべている。

「人違いじゃないですか？　だって、あの」

どこか申し訳なさそうに、首をかしげて言った。

「高原さん？　て、……誰、ですか」


——ばしゃんと冷水をかけられたような、衝撃があったけれど。

その感覚は初めてではなかったから、頭のどこかで、あぁ、まただ、と思った。

高原は記憶屋に興味を持っていた。その身近な存在であった彼女の、記憶が消えた。

胸騒ぎがして、彼女への説明も謝罪もそこそこに、高原に連絡をとるため、その場を後にする。

高原の携帯にはつながらなくて、仕方なく事務所にかけなおすと、つながったことはつながったが、彼はいなかった。

もういないのだと、告げられた。

＊

その足で事務所へ行って、外村篤志と会った。

高原に会いに来たときにコーヒーを出してもらったことがあったが、話をするのは初めてだ。

高原の死後も、様々な処理のため、しばらくは事務所に残ることにしたらしい。

以前のようにコーヒーを出してくれた後で、外村は遼一の前に座った。いつも立って働いているところしか見たことがなかった相手が、自分と向き合って座っていることが何だか不思議な気がする。いつもなら、こうして座っていたのは高原だった。

もういないというのが、信じられなかった。お悔やみの言葉を外村は黙礼して受け止め、「お待ちしていました」と言った。

「先生の残したノートの中に、吉森さんが訪ねてらっしゃるかもしれないと書いてありましたから。……先生は、ご自分がいなくなった後のことを、細かく指示されていたんです」

どの程度「細かく指示」していたかが問題だった。記憶屋の話を出していいものか、判断がつかない。探るように言葉を選ぶ。

「俺のこと、高原さんは何て？」

「記憶屋の話を聞きに来るだろう、と。……そう言っても、お話しできることはあまりないのですが」

あっさりと記憶屋という名前が出てきて拍子抜けする。淡々と話す外村の口調からは、記憶屋に対するどんな感情も読み取れなかった。それは意図的なものなのではないかと、何故か思った。もしもそうだとしたら、彼は、何か知っているのかもしれない。

「……あの、女の子……前に、この事務所ですれ違った。依頼人の娘さんだって高原さんが」

「安藤さんですね」

「彼女に、会いました。今日。……彼女、高原さんのこと知らないって」

「……そうですか」

外村は、短く応《こた》えて、少し目を伏せた。やはり何か知っている、と直感的に感じる。

普通、まっとうな大人が記憶屋を探していることなど他人に知られたいとは思わないだろうから、高原がそれを彼に明かしたのだとしたら、よほど信頼していたということか、それとも、何か話さざるをえないような事情があったのか。

「高原さんは、記憶屋を探していたんですか？」

「ええ」

「見つけたんですね？……その、安藤さんって子の記憶は、記憶屋が消したんですね」

「おそらくは。……彼女が、先生のことを忘れているなら」

思っていた以上に多くを知っているようだが、口は軽くなさそうだ。礼を欠かない対応ではあるが、線を引かれているのを感じる。話さないと決めたことは、話さないだろうと思った。誰かに義理立てでもしているような。

しかし何も聞かずに帰るわけにはいかない、高原は数少ないネット外での情報源だったのだ。高原は自分の知らない何かを摑《つか》んで、それを自分には教えないまま逝ってしまった。今は、彼の残した情報のかけらにでも縋《すが》るしかない。

もう、意見を戦わせることはできなくても、高原智秋の考えていたことを知りたかった。

「高原さんが依頼して、彼女の記憶を『消させた』ってことですか」

「………」

それでは、本人からの依頼がなくても、他人の記憶を消すよう依頼もできるということだ。依頼次第で、記憶屋は誰の記憶でも消す――依頼がなくても消すのかもしれないが、とにかく、重要なのは、本人の意思を無視して記憶を消すことがあるということだった。

「記憶屋は、……記憶を消されることを承諾していない人間の記憶でも、消すことがあるってことですね」

噂の中の記憶屋は、「依頼されて記憶を消す」存在だとされていたけれど、自分の記憶は、自分が望んで消してもらったのではないと直感していた。無理矢理《やり》消されたのではないかという思いは常にあった。

記憶屋が高原の依頼を受けて、安藤という少女の記憶を消したという事実は、その裏づけになる。

「本人からの依頼ではない依頼を受けることは、滅多にないそうです。……事情によるのではないでしょうか」

ポーカーフェイスは雇い主にならったのか、表情も声のトーンも全く変わらないが、外村が記憶屋に対して否定的な感情を持ってはいないらしいということが感じとれる。もしや、高原から話を聞いただけでなく、外村自身も記憶屋と接触したのか。

「……先生は、ご自分がもう長くはないということを、随分前からご存じでした。俺が知ったのは偶然ですが……先生は、多分誰にも教えないつもりでした。自分の死と、生きた名残が、誰かによくない影響を及ぼすのが嫌だったようで」

「よくない影響……って」

「悲しみすぎて、壊れてしまったり。自分がいなくなった後で、自分にはもうどうすることもできない場所で、自分を想ってくれている人が苦しむのが、嫌だったようです。……とても優しい人なので」

アシスタントとしての対応に慣れてしまったのか、外村が運んできた飲み物は一人分で、彼の前にはカップはない。

目で促され、遼一は軽く会釈してカップに口をつけた。

「気をつけてらしたようです。執着されないように。でも、安藤さんは……先生に、心酔しているといっていいほど強い想いを抱いてらしたので……先生もそれには気づいて、気にかけてらっしゃいました」

「……それで、記憶屋を？」

外村は黙って頷《うなず》いた。

香りのいいコーヒーは、以前にもここで飲んだことのあるものだ。その時のことを思い出した。ここでコーヒーを飲むのは、これが最後だろう。

「……忘れられる側の気持ちはどうなるんだって、俺、高原さんに言ったことがあります。何も知らなくて」

死んでしまうよりマシだろうと、高原は言ったのだ。大事な人が死んでしまうよりは、自分のことを忘れても、その人に生きていてほしいと。

「忘れられるのは、辛《つら》いと思います。でも、先生は」

迷いのない静かな目と声で、外村が言った。

「それより大事なことのために、自ら忘れられることを選んだんだと、思います」

信念を持った、強い人だ。そう思う。目の前にいる外村がそう思っていることもわかっていた。しかし、自分の中にも、譲れない理由がある。

遼一はカップを置いて、呼吸をはかって、口を開く。

「……高原さんは、すごい人だと思います。強くて、思慮深い人で……尊敬も、します。彼を非難するつもりはない、でも、俺は……記憶屋に依頼したことには、疑問があります」

外村とは目を合わせずに言った。まっすぐに目を見られないのは、彼ほどには迷いがないと言い切れないということだろうか。

「忘れられることを望まない人のことを、忘れてしまうのと同じように……忘れることを望まない人の記憶から、自分を消してしまうというのも、俺は、正しいとは思えない」

あの少女は、忘れることを望んだわけではないはずだ。高原を慕っていたのならなおさら。

彼女の記憶は彼女自身の意思を無視して消された。それは、非難されるべきことだと思った。

「……出会ったことすらなかったことにしてしまうより、ちゃんと……辛くても、忘れないで乗り越えるべきだったんじゃないですか。彼女のために何かするなら、そのための手助けをしてあげればよかったんじゃないですか。最初から、全部消してしまうんじゃなくて」

高原と過ごした時間も彼の死も、記憶として残した上で、彼のいないこれからを彼女が生きていけるように。そうすべきだったのではないか。それが、彼女のためでもあったのではないか。

直接関わったわけではない自分だから、そんなことが言えてしまうのかもしれないけれど。

そこまで言って目をあげると、外村は予想に反して静かなままの表情で聞いていた。

遼一が話し終えるのを待って、ゆっくりと、

「それが一番いいのはわかっています。でも、それができない人もいる」

先ほどまでと変わらない淡々としたトーンで言う。

最初から最後まで、口調も表情もほとんど変わらなかったけれど、

「彼女はこれから強くなれるかもしれない。先生が、チャンスをあげたから」

そう言った外村の目元は少しだけ、和らいだ色を浮かべているように見えた。

外村は記憶屋の顔も声も、覚えていないと言った。話した内容は覚えているが、記憶屋本人に関する情報は何一つ残っていないと。それも記憶屋の力なのかもしれない。そうでないとしても、外村がそう言い切っているということは、話す気はないということだろう。遼一は彼からそれ以上を聞き出すことをあきらめ、礼を言って別れた。

もやもやとした気分のまま帰宅し、愛用のＭａｃを立ち上げる。

ブックマークしている都市伝説サイトのチャットルームに入室すると、イコとDDがいた。

　外村に話を聞いて、記憶屋に対する認識が変わったとまでは言わないが、多少揺らいだことは否めない。自分の考えを整理するためにも、誰かと記憶屋の話をしたかった。それに、結局接触できていない、ミサオという少女についてももっと情報が欲しい。

　入室ボタンを押したとき、とんとんと階段をのぼってくる音がして、ノックもなしにドアが開く。

「遼ちゃん！　おかえりっ」

「……は？」

　スナック菓子の袋とペットボトルを持った真希が入ってくる。

　遼一はほとんど反射的に、自分の体でモニターを隠した。

「なんでおまえがいるんだよ」

「遼ちゃんが帰ってくるずっと前からいたよ！　今おばさんと話してたの。遼ちゃん帰ってきたのに居間に顔も出さないなんて親不孝ー。ただいまくらい言いにくればいいのに」

「……ドア開けたとき言った。つうかおまえがなんでここにいるのかって理由になってないんだけど」

「あたしおばさんと仲良しだもん」

「俺の部屋にいる理由」

「……遼ちゃんとも仲良しでしょ？」

「帰れ」

「今週のジャンプ読み終わるまで待って！」

「貸してやるから」

「家で読んでるとお母さんがうるさいんだもん、お願い！」

「…………」

口論している時間がもったいないので、マガジンラックから漫画雑誌を抜いて渡してやる。真希はわーいと言って受け取り、床に座って読み始めた。ちらりと見てみると、真剣な顔で漫画のページをめくっているので、モニターに向き直る。彼女のいる部屋で記憶屋関連のサイトを見ることにはやはり抵抗があったが、遼一の体が邪魔して、真希からモニターは見えないはずだ。

RYO：『こんばんは』
DD：『RYOさん久しぶり！　五日ぶり？』
イコ：『一昨日《おととい》も来てたわよ。DDがいなかっただけでしょ』
DD：『すれ違いっすかぁ～＞＜』

横目で真希の様子を確認しながら、返事を打ち込む。
RYO：『新情報が入ったので、真偽を確かめるために忙しくしてました』
DD：『新情報⁉』
RYO：『ある人から、実際に記憶屋と接触した可能性のある人がいるって聞いて、捜してました』
DD：『マジっすか！』
イコ：『信用できる情報なの？』
情報源は信用できます、と打って、送信する。それから、「でも、あくまで可能性なので、記憶屋と接触したのが確かかどうかはまだわかりません」と新しい発言欄に付け足した。
イコ：『その人が本当に記憶屋と接触したことがあるとしたら、記憶屋の話は都市伝説じゃなくて実話ってことになるわね』
DD：『その人、このチャットに呼べませんかね？　俺も会いたいっすー』
それができたら苦労しねえよ、と呟《つぶや》くと、漫画を読んでいた真希が何？　と顔をあげた。

「なんでもない。さっさと読んで帰れ」

「まだ半分もいってないもん」

RYO：『それが、情報が足りなくて、こちらからどうやって接触したらいいのかわからなくて。K大学病院の脳神経外科にかかっていたらしいんですが』

下の名前と学校の名前、それから学年がわかっている。その気になれば接触することは不可能ではないはずだが、うまいやり方が浮かばない。下手をしたらストーカー扱いだ。何か助言をもらえないかと期待しての発言だった。

DD：『マジっすか！　K大病院だったら俺詳しいっすよ！　そこの一階の花屋でバイトしてるんで！』

「……マジ？」

思わず呟いてから、はっとして真希を振り向いたが、漫画に夢中になっているらしく気づいていないようだった。ほっとして、「マジですか」と返信を打つ。

RYO：『高校生の女の子なんですけど、もう少し詳しい情報送ったら、フルネームとかわかりそうですか？』
DD：『看護師さんたちにうまいこと聞いてみれば、わかるかも』
思わぬ収穫だ。ガッツポーズをしたくなる。急いでメーラーを立ち上げて、DD宛《あて》にミサオという少女の情報を送った。
黒髪のショートカット、身長は160センチ程度で痩《や》せていて、西浦高校の二年生。脳神経外科の福岡医師にかかっている。この程度の情報だが、うまく使えば彼女を知る看護師から、苗字《みょうじ》くらいは怪しまれずに聞きだせるだろう。連絡先まではわからなくても、フルネームがわかれば手がかりになる。大きな進歩だ。
イコ：『情報集めなら、多分私も協力できるわよ。実はいろいろコネがあるの』
DD：『お！　何かチームっぽいっすね、記憶屋追跡プロジェクトみたいな⁉（笑）』
イコ：『具体的に記憶屋に近づけそうな情報って、滅多に出ないものね。そういう大事な糸は放しちゃだめよ、しっかりつかんでたぐりよせないと』
RYO：『はい。協力してもらえると助かります』
DD：『あ、じゃあ今度オフ会やりましょうよ！　ドクターとかイノキチさんにも声かけて、それで記憶屋追跡プロジェクト本格始動ってことで！』

イコ：『いいわね』

DDたちはおもしろがっているだけで、自分は同じレベルで楽しめる立場にはいない。しかしそれでも、これで何かつかめるかもしれないと思うと気分が高揚した。前へ進んでいる、近づいている、手ごたえを感じる。オフ会について賛成すると返信を打った。

待ち合わせの場所や日時に関する発言で、チャットの画面が埋まっていく。

「あ、そうだ遼ちゃん」

漫画を読んでいたはずの真希が、ふと思い出したように言った。

「ねー土曜日さ、遼ちゃん暇だったら……」

「暇じゃない」

振り向かずに応《こた》えると、何よぅ、という不満げな声と真希がむくれる気配がした。

デスクチェアを回して手帳をとり、カレンダーのページを開く。

「……今、予定入った」

土曜の欄に、「オフ会」と予定を書き込んだ。

＊

土曜日、オフ会当日。待ち合わせ場所の渋谷《しぶや》駅まで、真希はついてきた。彼女も渋谷に用事があるらしい。どうせ駅で別れるのだからついてくるのはかまわないのだが、道中さんざん誰と会うのだと聞かれて閉口した。

「デート？」

「違うっつってんだろ」

「じゃあ何よー」

「……人と会うんだよ」

記憶屋関連のオフ会だなどとは絶対に言えない。

人って誰よと食いさがる真希を、片手であしらって待ち合わせ場所へと向かった。いくらなんでも、DDたちに真希を紹介するわけにはいかない。十年も前のことだが、真希も「記憶屋と接触した可能性のある人間」には変わりないのだ。それを言うなら遼一自身もそうだが、もちろんそれをDDたちに明かすつもりはない。

「ほら、買い物だかなんだか用があるんだろ。行った行った」

「何その扱い！」

待ち合わせの目印のモヤイ像を指差すと、むくれたままの真希がそちらを見た。

モバイルパソコンを左腕に抱えた若い男が、こちらに気づいた様子で顔をあげる。目印に赤いキャップをかぶってくる、と言っていたからあれがDDだろう。遼一が会釈すると、満面の笑みで会釈を返してきた。

「な？　あれが待ち合わせの相手。……俺もう行くから」

「むー、……わかった。何だ、相手見ておばさんに言いつけてやろーと思ってたのに」

つきあう相手をいちいち親に報告しなければならないような年齢ではないと思うのだが、真希はこうして時々母親と結託して妙な探りを入れてくる。お兄ちゃんをとられたみたいで淋《さび》しいのよと母親は言っていたが、遼一にはおもしろがっているようにしか見えない。

駅ビルの方向へ歩いていく真希を確認してほっと息をつくと、ＤＤ（らしき人物）がかけよってきた。

「えーと、ＲＹＯさんですよね？」

「あ、はい」

「どーも、はじめましてっ！　ＤＤです！」

明るい茶髪が首のあたりで外向きにはねている。キャップで押さえられてはいるが、こんな髪色でよく病院側がバイトを許したものだ。

ＤＤという名前は、外で呼ぶと明らかにネット上のつながりだということが周囲にわかってどうも気恥ずかしいな、と思っていると、興味深そうにこちらを見ているもう一人に気がついた。

長い黒髪が肩までまっすぐ伸びている、自分よりいくつか年上に見える女性。目が合うと、にこ、と唇をあげて笑った。あ、と気づく。

「イコさん、ですか」

「よろしく、RYOさん。今日は若い男の子二人とデートね、嬉《うれ》しい」

ヒールのせいもあるだろうが、DDと身長が変わらない。スーツの下にボルドーのシャツを着た、いかにも仕事ができそうな大人の女性だった。真希が彼女に気づいていなくてよかった、と思う。最初に会釈をした相手がDDではなくイコの方だったら、年上の女と会っていた、と、今夜には母親に筒抜けになっていたところだ。

三人で、イコのおすすめだというカフェレストランへ向かう。並んで歩きながら、簡単な自己紹介を済ませた。DDはチャットで聞いていた通り、花屋でアルバイトをしているフリーターで、イコはライターだという。超常現象やオカルト関係の記事を書くことが多く、記憶屋の噂について興味を持ったのも、記事にできないかと思ったのがきっかけだと教えてくれた。

「イノキチさんは、都合がつかなくて残念でしたね。ドクターは？」

「あ、ドクターはオフ会には参加しない主義だそうで……不参加ってメール来ました」

「あの人、自分の価値を高めるためにオフには一切関わらないの。セルフプロデュースの一環ね。ネット上でだけ接触可能な都市伝説博士ってポジションを目指してるみたいよ」

イコおすすめの店に着き、一番奥の席に座る。駅からは大分離れているが、隠れ家的で落ち着ける店だ。海外の雑誌が何冊もラックに立ててあり、ごく控えめなボリュームで音楽が流れていた。オフ会の趣旨を考えれば、にぎやかな店よりもずっといい。

「さっき一緒にいた人。かわいっすね、彼女っすか？」

「まさか。近所のガキですよ」

最初はたわいない話をしながら、メニューを眺める。そもそもオフ会というものに参加するのが初めてのことなので、どのタイミングで話を切り出していいのかわからない。遼一の目的は二人から記憶屋探しに役立つような情報を聞き出すことだけだが、それはオフ会の本来の趣旨ではないだろうし、それだけを追求しては警戒されて逆効果になりかねない。

イコかDDから話題を振られるまで自分は口をつぐんでいようと決め、店員を呼び止めておかわり自由のコーヒーがついたランチセットを頼んだ。

それぞれが注文を終え、改めて向かい合い、よろしくお願いしますと頭をさげる。

何か、何回も自己紹介ばっかしてますね、と、DDが照れたように笑った。

「これって、都市伝説オフ会っていうか、記憶屋オフ会ですよね？俺、そんな語れるほどの情報とか見識とかないんですけど」

「一方的に講義ができるほど記憶屋の情報を持ってる人間なんて誰もいないわよ。そもそもが都市伝説なんだしね。私はこの仕事始めて長いから、ネタとしてはおもしろいと思っていたけど、ひょっとしたら実在するのかもなんて考えたことはなかったもの。チャットでRYOくんと話すまではね」

彼らの方から話を振ってくれたので、平静を装って頷《うなず》く。

「俺も最初は、噂の伝達過程とか、そっちの方に興味があって都市伝説について調べてたんですけど。都市伝説には大体もとネタがあるものだって聞いて……記憶屋伝説にも、何かもとになった事件とかがあるんじゃないかなと思ってて。そしたら、ちょっと、知り合いの人から、それらしい話を聞いたんで……」

自分に直接関わることだから必死に調べている、とは勿論《もちろん》言えない。言うつもりもない。あまり熱心に聞こえないように気をつけて話し、水を一口飲んだ。

「え、そうなんですか？　口裂け女とかも？」

「日本の民話でそういう話があるわね。口裂け女については記事を書いたことがあるから詳しいわよ」

身を乗り出したDDに、イコがそう教えてやる。

「民話とか海外で起こった事件とか、とにかく都市伝説にはルーツになったものがあるのが通常なの。中には、実際に起こった事件がもとになってるものもあるわね」

「へえ……あ、それで、記憶屋のもとになったっぽい事件があったわけですね？」

「私もそれは初耳だったから気になってたの。DDくんのバイト先のことなんでしょ？」

完全に聞き姿勢になっていた様子のDDは、急にそう話を振られて慌てたようにモバイルパソコンをテーブルにのせた。

「あ、俺はそれっぽい事件があったとかは全然聞いたことなかったんですけど、ＲＹＯさんからメールもらって、その女の子のことはちょっとわかりましたよ。えっと……ちょっと待ってくださいね」

水のコップを脇へどけ、場所を確保してから開いて立ち上げる。椅子を壁際へ引いてスペースを空け、隣りに座った遼一にも見やすいように画面を斜めに向けた。

「これはただのメモ帳なんで、見てもらってもあんまり意味ないんですけど。看護師さんに聞いたんですけど、多分そのミサオって子は、ササミサオっていう患者さんだと思います。こういう字書くみたいですね」

画面のノートパッドに、「佐々《ささ》操《みさお》　西浦高校二年」と、ゴシック体で書いてある。その横に、画質がいいとは言えないが、顔が認識できる程度の画像も貼り付けてあった。

「この画像は、フルネームがわかったんでネットで検索かけてみて、西浦高校の陸上部のホームページで見つけたんです。陸上部員全員で写ってる、小さい写真だったんで、引き伸ばしたら画質がちょっと悪くなっちゃったんですけど」

「よくフルネームがわかったわね。病院って患者の情報管理とか厳しいんでしょ？」

「姉ちゃんのハンカチ借りて、看護師さん相手に一芝居打ったんですよー。五階の待合室にいた女の子に親切にしてもらって、ハンカチ借りたままだからお礼したいって言って。ミサオちゃんって名前しか聞かなかったんですけど知りませんかーって」

「思いきったことするのね」

「ナースセンターでお茶してた看護師さんたちに聞いたんですよ。患者さんの情報なんて普通に聞いても教えてくれるわけないから考えましたよー。それでも、住所とか電話番号までわかるわけじゃないですけどねもちろん。でも、『ミサオちゃんって、佐々さんのことじゃない？』ってポロっと」

誉められて嬉しそうにしながら、DDはカチカチと意味もなくスクロールを繰り返す。癖らしい。

「髪が短くて、すらっとした子でしょ？　って言われたから、あ、そうですって答えて。髪は黒くて、西浦高校に通ってるとか言ってましたけど、って俺が言ったら、間違いない、それは佐々操ちゃんだ、ってことになって。フルネームが判明したわけですよ」

そうこうしているうちに料理が運ばれてきたので、「後で画像送りますね」と言ってDDはパソコンを閉じ、テーブルから下ろした。

「お手柄じゃない？」

「あんまり突っ込んだこと聞くと怪しまれそうだったから、わかったことはそれくらいなんですけど」

「いや、十分ですよ」

フルネームがわかれば、ぐんと調べやすくなる。それに、もしも住所や電話番号が調べられなくても、顔がわかったのならば、どうとでもなる。

イコはランチのパスタを一口食べて、おいしい、と言った。それで思い出したように、DDも料理に手をつける。

「ハンカチ返しに行きたいって言ったんですけど、さすがに患者の住所まで教えるわけにはいかないみたいで。当たり前ですけどね。……あ、彼女、もう脳神経外科にはかかってないみたいですよ？　今度いつ頃来ますかねって聞いたら、そんなこと言ってましたから」

「脳神経外科にかかっていた理由なんかは……？」

「それも、やっぱりプライバシーですから。ちょっと聞けませんでした。でも、脳神経ってとこが何か、記憶屋っぽいですよね」

そういえば、記憶屋とはモグリの脳外科医なのではないか、って説もあるんでしたよね、とDDが興奮した様子で続ける。遼一は適当に、聞いたことありますね、と相槌《あいづち》を打った。

杏子や真希は、前日まで何も変わらない様子だったにもかかわらず、たった一日で記憶を失くし、外傷もなかった。それを考慮すると、記憶屋＝外科医説はまずありえない。しかし、記憶屋によって記憶を失った人間が、なぜ記憶をなくしたかわからずに、脳神経外科を訪れるというのはありそうな話だ。

「そもそもその子が記憶屋に接触したかもしれないって情報は、どこからの情報なの？接触したことを推定する理由……というか根拠があるわけでしょ？」

慣れた手つきでフォークにパスタを絡めながら、イコが口をはさんだ。情報源の信頼性はそのまま情報の信憑性《しんぴょう》につながるのだから、ライターとしては当然の質問だが、すべてを正直に話すわけにはいかない。

下手な嘘をつくとぼろが出る危険があるので、正直に情報源は明かせないと告げた。

「名前は出せませんが、社会的にもしっかりした地位のある人ですし、その人自身は信頼できる人間です。その人からの情報というだけで、調べる価値はあると思います。彼がどういう経緯で、その佐々操と記憶屋を関連づけたかは聞いていないんですが」

おそらく、病院で彼女かその身内と会い、話をしたのだろう。彼女の症状を聞いて、これは記憶屋の仕業だと直感したのではないか。事実、高原はその後記憶屋への接触に成功しているのだから、この情報には価値がある。

納得できるような説明ができたとは思えなかったが、イコは、「とにかく、有用な情報である可能性は十分ってことね」と頷いた。

「じゃあ、そこから先は私が調べてあげる。住所とか、彼女に近づくための具体的な情報をね。DDくん、私にも彼女の写真送って」

「はいっ！　勿論ですよ。何か、本格的に記憶屋探しっぽくなってきましたね」

楽しそうにこちらを見るDDに、「ですね」と調子を合わせる。

遼一にとって記憶屋探しは遊びではない。だからDDのように浮かれることはできないが、調査を手伝ってもらえるのは心強かった。

「でも、その操ちゃんが記憶屋に会っていたとしても、そのこと自体を忘れてる可能性があるのよね。記憶屋と接触した、っていうのはそういう意味でしょ？」

「あ、そっか！　そうっすよね、じゃあ会って話してもあんまり情報にならない？」

勿論承知の上だ。

佐々操の中に、記憶屋に関する情報が残っている可能性は極めて低い。真希や杏子や、何より自分自身の例からそれは身にしみている。それでも、彼女を訪ねる意味はある。

「彼女が記憶屋の依頼人だったのなら、彼女本人からは、記憶屋に関する情報は得られないでしょうね。でも、彼女に会う意味はあると思います。記憶を消された後の依頼人の状態を見ておきたい……というのが一つ、それから、もし彼女の身内の誰かの話を聞ければ上々だと思ってます」

なるほど、とDDが深く頷いた。

佐々操の身内に会って、記憶を失う前の彼女の様子を聞けば、何か手がかりになるかもしれない。もしかしたら、彼女が誰かと会っているのを目撃した人がいるかもしれない。そして何より、彼女が何を忘れたのかが知りたかった。病院へ連れてこられていたということは、周囲の人間にも、彼女が記憶を失ったことが明らかだったということだ。記憶屋が今度消したのはどんな記憶なのか、まずそれを確かめたい。

（でも多分俺は）

冷静に情報収集を試みる頭とはどこか別の部分で、思っていることがある。自分の感情のためだけに。それを自覚していた。

きっと、ただ会って話がしたかった。彼女がなくした記憶の中に、いた人と。

＊

繰り返し同じ夢を見る。意味がわからない、けれど、わからないままに、恐怖と緊張を感じる夢だ。

男と子どもが向かい合って立っている、自分はそれを見ている。何故かはわからない、しかし、だめだ、と思った。見てはいけないものを見ている、してはいけないことをしているのを見ている。止めなければと思うのに体が動かない、逃げろと叫びたいのに声が出ない。

映像は途切れる。

自分に向けて伸ばされた腕、額に触れる指の感触と、混乱。

どうして。どうして、どうして？

見える映像はいつも同じ、何度繰り返しても続きはない。

黒い革の光沢、クラクション、そして目が覚める。

オフ会から一週間がたった、土曜日の朝。遼一が起き出してくる前から何故か真希が家に来ていて、朝食をとる遼一に、しつこく「あの人だれ」を繰り返している。あの待ち合わせ現場で、イコのこともしっかり見られていたらしかった。

「つうか何でいんのおまえ」

「おばさん出かけるからってお留守番引き受けたの。遼ちゃんなかなか起きてこないんだもん。それより話そらさないでよ、何あれこないだの！　年上の女ーやらしー」

「二人っきりで会ってたわけじゃねえって……」

少し頭痛がする。顔をしかめながらコーヒーを飲んでいると、それまでうるさくしていた真希が急に黙った。見ると、心配そうな顔をしている。

「……何」

「何か、機嫌悪い？」

「……夢見が悪かったんだよ」

最近、あの夢を見る頻度があがった気がする。しかし、続きを見ることはできないのだ。いつも同じシーン、視点の高さも角度も全部同じだ。

意味のある夢なのかさえわからないが、気になった。

横目で傍らの真希を見る。

まだ気にしている様子の彼女に、「平気だって」と短く言って、トーストをかじった。乾いたパンの表面が喉《のど》につかえるのを、コーヒーで流し込む。全然味はしないが、今日はこれから佐々操に会いに行く予定だ。話が立て込んでくれば昼食をとれないことになるかもしれない。そう思い、無理矢理《やり》トーストをたいらげた。

一週間前のオフ会以来、チャットには参加していない。オフ会でさんざん語った後で、新しい情報が入るとは思えなかったし、まずは操と会ってからだ、と思っていた。イコからはあれからすぐに佐々操の住所を知らせるメールが来て、自分も会いに行ってみるつもりだと書いてあった。ライターとして好奇心を刺激されたのだろう。

メールが来てから三日たっている。できれば、イコより先に接触したかった。

「好きにしてりゃいいけど、俺はこれから出かけるから」

「どこ行くの？」

「プライベート」

コーヒーを飲み干して立ち上がる。

「……またあの人と会うの？」

「あの人？」

「あの、年上の……」

「今日は違う相手」

真希は複雑そうな表情をした。

まさかと思うが、母親の言うとおり、兄をとられた妹のような気持ちでいるのか？ 悪戯《いたずら》心が湧いて、わざとにやりと笑って言ってやった。

「女子高生」

「何それぇ！」

笑いながら食器を流しへ運び、まとわりついてくる真希をあしらいながら上着をとって家を出る。玄関先までついてきた真希に、ちゃんと留守番しろよと言うと、ふくれっ面で頷《うなず》いた。

ふくれっ面は小さい頃と変わらない。真希が恋人を連れてきたら、もしかしたら、自分も多少は複雑な気分になるのかもしれない。歩きながら、ふと思った。

自分は記憶屋に近づいているのかもしれない、ほんのかすかな痕跡《こんせき》を辿《たど》りながら。繰り返されるあの夢はもしかしたら、消された記憶に関わるものなのかもしれない。

根拠も何もないのだが、……あの夢の中の子どもは、もしかしたら、真希ではないかと思うのだ。

＊

イコからのメールに書かれていた通りに入ると、「佐々」という表札はすぐに見つかった。

迷わずチャイムを鳴らせるほどには、覚悟は固まっていない。数メートルの距離を置いてしばし心を落ち着かせていると、高校生らしい男女の二人連れが歩いてくるのが見える。

じっと立ち止まっていては怪しまれる。そう思い、彼らに向かって歩き出した。少女の方は髪を短くしているのが見てとれたので、もしやと思ってすれ違う時に顔を確認する。

（やっぱり）

間違いない。ＤＤが見せてくれた写真と同じ顔、佐々操だ。ここで声をかけた方が、改めてチャイムを鳴らすより簡単だ。しかし友人か恋人か知らないが、他人が一緒にいるところで声をかけるのが適切かどうか判断がつかない。

足を止め振り向いて、歩いていく二人の背中を見送る。

てっきり佐々家へ入っていくものと思っていた二人は、「佐々」の表札のかかった家を通りすぎ、その隣りの家の門を開けた。人違いかと一瞬焦るが、少女はやはり写真の彼女だ。

少年の方が鍵《かぎ》を取り出し、ドアに差し込む。ここで声をかけなかったら、またドアの前でしばらく悩むことになりそうだ。

意を決して駆け寄った。

「……あの！」

ドアが開くのを待っていた少女の方、……佐々操が振り返る。それから、少年がゆっくりと顔をあげた。好意的とは言いがたい、冷めたような目を向けられて一瞬怯《ひる》む。

「……佐々、操さんですか」

「はい？」

少女が素直に応《こた》える。

「私ですけど、どなたですか？」

「……佐々」

彼女をかばうように、少年が一歩前へ出た。

「何の用ですか」

「……突然すみません、吉森と言います。少しでいいので、話をさせていただけませんか。……佐々さん、K大学病院にかかってらっしゃいましたよね」

ぴく、と少年の肩が動く。操は困惑した表情を浮かべていたが、拒絶といえるほどの強い反応は感じられなかった。話を聞いてもらえるかもしれない。

「貴方《あなた》と同じ症状の人間を、他にも知っているんです。話を……」

「佐々、家に入ってて。すぐ行くから」

「……でも」

「いいから」

操は、遼一の方を気にしながらも、少年が開けたドアに手をかける。

「待ってください、……記憶屋という名前を聞いたことがありますか」

家へ入ろうとした操にも届くように、声を張りあげた。操のきょとんとした顔が見えたが、それよりも、少年の表情の方が明らかに変わる。

「……佐々、入って。大丈夫だから」

少年が静かな、しかし有無を言わさない声で言った。

操が家の中へと消えた、そのドアをかばうように背にして、少年は遼一に向き直り、

「どうして知ってるんですか」

と言った。

「帰ってください。話すことなんてない」

「ちょ……っ待ってくれ！」

どうして知っている、はこちらのセリフだ。

どうやらこの少年は、記憶屋という名前の意味を知っている。それだけではない、この反応からすると……おそらく彼も、操と記憶屋を結びつけて考えている。思った以上の収穫を得られるかもしれない。

「知ってるなら教えてくれ、彼女は記憶屋に記憶を消されたのか？　どうして君が知ってるんだ」

「何の話かわかりません」

「だったら話くらい聞いてくれてもいいだろう！　頼む、大事なことなんだ」

「何なんですか一体。こないだも、雑誌のライターだとかいう女の人が訪ねてくるし……流行《はや》ってるんですか、そういうの。迷惑なんですけど」

イコだ。出遅れた。しまった、と思ったがここで退《ひ》くわけにはいかない。

「興味本位じゃない。誰にも口外もしない。頼むから」

「帰ってください」

少年は頑《かたく》なに言って、遼一に背を向けかける。その後姿に、装うことも忘れて叫ぶ。

「俺の好きだった人も、記憶屋に会って俺のことを忘れたんだ！」

ドアを閉めようとしていた手が、止まった。

少年は、半分家の中に入っていた体を半歩分引いて、ドアを閉め、ゆっくりと振り返る。

静かな目に見つめられて、今更ひやりとした。

杏子のこと、自分が単なる研究者の立場ではなく、記憶屋事件の「関係者」であることは、これまで誰にも知られないようにしてきたことだった。少年を引き止めようと、とっさに叫んでしまったが、言うべきではなかったかもしれない。もしもこの少年が、自分と同じ立場でなかったら。

怖くて目をそらせなかった。

再び、少年の手がゆっくりとドアを開く。

「……入ったらどうですか」

ドアを片手で押さえて、彼が言った。

3rd. Episode：コーリング・フォー・モラトリアム

要《かなめ》を孤独から救ったのも、再び彼を孤独にしたのも、同じ一人の少女だった。

小学二年生の時、隣りに家が建った。そこへ引っ越してきたのが佐々一家で、操はその一人娘だった。せっかく隣り同士の家に同い年の子供がいるのだから、と親たちに引き合わされ、なし崩し的に一緒に遊ぶことになったのが初対面だった。

「せきや、かなめくん？　カナって呼んでいい？」

「……別にいいけど」

確か、それが最初に交わした会話。彼女にとっては、「要」という名前が珍しく、印象に残ったらしい。要の方はというと、「佐々」という名字ばかり印象に残って、随分長い間「操」という名前を覚えなかった。

小学二年生の操は、痩《や》せていて、髪も短く、日に焼けた脚や腕には、まだ新しいかさぶたがあった。要は外で遊ぶより、家の中で本を読む方が好きな子供だったから、操より色が白く背も低かった。後でお互いの初対面の時の印象を言いあったら、要は「女の子に見えないと思った」と答え、操は「何で笑わないんだろうと思った」と答えた。

要は確かに、あまり笑わない子供だった。それは今も変わらない。些細《ささい》なことで笑ったり怒ったりする操とは対照的だった。

話し掛けてもろくに返答もしなかった要の、何が気に入ったのかはわからないが、操は毎日のように遊ぼうと誘いに来た。要も、呼ばれれば出て行った。まるで正反対のように思える二人が一緒にいることを、大人たちは不思議がったものだ。

今思えば、根本的なところで、波長が合ったのだろう。操が話すのを、要が聞く。要が読んでいる本を、操が覗《のぞ》きこむ。そんな風に過ごした。一緒に遊ぶ、といえるようなものではなかったかもしれない。それが苦にならなかった。

公園で遊んでいて日が暮れてしまった時、当時高校生で要の家に下宿していた叔父《おじ》の正《ただし》が迎えに来てくれたことがあった。全く人見知りをしない操はこの正にもよくなついていて、その時は正を真ん中にして、三人で手をつないで帰ったのを要も覚えている。

家に帰り着いて、門の前で操と別れた後、正は要を見下ろして、

「楽しかったか？」

と言ったのだ。質問というより、楽しかったんだな、と確認し、それを喜んでいるような口調だった。

「……なんで？」

「おまえさっき、ちょっと笑ってただろ」

質問に質問で返す、可愛げも何もない甥《おい》に向かって、正は笑顔を向けた。

よかったな、と、頭を撫《な》でてくれた。

要の母親は、要が小学校に入学してすぐに家を出て行ってしまって、会えるのは年に一度か二度だった。母親は、会う度要を抱きしめてくれたし頭も撫でてくれたけれど、彼女が出て行く前から、父親は要の頭を撫でたりはしなかった。だから、母親の手とは全く違う、大きな手の感触は、とても強く要の中に残った。

嬉《うれ》しかった。

操と正といる時だけ、少しだけ、要は笑うようになった。

操と一緒にいたのは、それでも三年ほどだった。操は、父親の転勤についていってしまった。「家はここにあるんだから、また帰ってくるよ」と約束をして。

それから四年が過ぎた。

要は中学三年生になった。母親は家を出たままだった。正は就職して、いつまでも世話になってはいられないと下宿をやめたが、自転車で行き来できる距離の所にアパートを借りて住んでいる。会社が家賃を半額負担してくれるとかで、新入社員の割には優雅な生活を送っているようだ。今でも時々、家に来て、一緒に食事をする。

そして、約束通り、操は帰ってきた。

＊

休み時間には大抵、図書館か教室で本を読んでいた。小学四年生の時からかけている眼鏡を押し上げて、ページをくる。それ以外の動作がないから、ロボットみたいだとクラスメイトに笑われたこともある。

クラスで浮いている、という意識はあったが気にはならなかった。皆も、「静かで真面目でちょっと浮いてる奴」というキャラクターとして要を認識してくれていたから、そのせいで特別不当な扱いを受けることもなかったし、読書の邪魔をされることもなかった。

思えば、操は最初の友人で、やはりどこか特別だった。そして最後の友人になるのかもしれないと、長い間思っていた。

読み終わった本を抱え、席を立つ。図書室へ向かう。

新刊のコーナーにあったノンフィクションを一冊持って、窓際の席に座った。窓ごしに光が入って、ページに反射して読みにくかったので一つ席をずれた。昼休みの前半、図書室に人気はほとんどない。

からりと扉が開いて、操が入ってきた。

「カナ、お昼！　屋上で食べよう」

昔と同じに短い髪、紺のセーラー服。今はちゃんと女の子に見える。

要は立ち上がり、本の貸し出し手続きをして図書室を出た。

中学生になって戻ってきた操は、初めて会った時と同じように、するりと要の隣りの場所に座った。そんな再会だった。ずっと一緒にいた幼馴染《おさななじみ》のように、ごく自然に、彼女はその場所を手に入れ、要もそれを咎《とが》めなかった。

「カナ、タコのウインナーが好きだったよね。あたしはカニの形に切ったやつの方が好きだけど」

操にとって、要は小学生の頃の「カナくん」のままらしい。

「カニの形だと切り込みが多すぎて味が濃い」

「えーそれがいいんじゃん」

「タコくらいがちょうどいい」

「真面目な顔で主張するほどのことでもないと思うけど。はい、じゃあタコあげる」

操は化粧をしていない。甘い匂いもしない。話し方がべたべたしていない。そのことに、要は安心した。

弁当のふたにのせて差し出されたウインナーを仕方なく手でつまんで（要の昼食はパンだった）食べる。

「……塩辛い」

と正直な感想を述べると、あたしが作ったんだよと言って操が笑った。

＊

「操ちゃん帰ってきたのか。よかったな、おまえらほんと仲良かったもんなぁ」

中華鍋《なべ》の中身を皿に移しながら、正が懐かしそうに言った。

要の父は遅くまで家に帰らない。一人になることの多い要のために、正は時々こうして食事を作りに来てくれる。ま、下宿時代の恩返しって奴よ、と笑って、今日も手際よく野菜炒《いた》めやら中華スープやらを用意してくれた。

「やっぱ縁があるんだろうな。同じ小学校で同じ中学で……」

「家が隣りなんだから学校が同じなのは当たり前だよ」

「同じクラス？」

「違う。佐々は四組」

いただきますと手を合わせ、箸《はし》をとる。正の料理はいかにも男の料理、といった、一つの鍋で一気に肉も野菜も炒めてしまうというものだったが、それでも一人暮らしで慣れている分、やはり操よりは大分腕が上のようだった。

「ソースとってくれ。……操ちゃん綺麗《きれい》になってただろ。もう十五歳だもんなぁ」

要は正にソースを手渡して応《こた》えた。

「変わってなかったよ」

操は本当に変わっていなかった。

昼食を一緒に食べようと、二つ隣りの教室まで誘いに来る様子は、遊ぼうと強引に家を連れ出しに来た子供の頃を思い起こさせる。

＊

つきあっているのか、とよくクラスメイトたちに訊《き》かれた。からかうような口調で訊いてくる男子も、妙に真剣に訊いてくる女子もいた。クラスの誰とも必要以上に口をきかない要を、隣りのクラスの転校生が毎日昼休みに誘いに来るのだから、当然といえば当然の反応だろう。

訊かれる度、いちいち違うと説明するのは面倒だったし、詮索《せんさく》されるのは不快だった。

それでも、操が呼びに来れば、要はいつもそれに応えた。

「あたしねー、今週二回も違う女の子から、カナとつきあってるのかって訊かれちゃった。もってもてじゃんカナ」

「マジ？　ひゅーひゅー、やるじゃん要」

「…………」

中学生の女の子と、同じテンション同じレベルではしゃげるのだから、ある意味正はすごい。もはや反論する気も起こらなかった。どうせ無駄だ。要は無言で、自分で入れた緑茶を飲んだ。

まさか緑茶で酔ったわけではないだろうが、久しぶりの再会を喜んで、正も操もテンションが高い。

「こいつはさ、黙ーって本読んでばっかりいるから、ミステリアスとか大人っぽいとか言われて意外と隠れファンがいるんだよ。無口でカッコイイとかさ、実は何も考えずにボーっとしてるだけなのにな」

「得だよねー、黙ってれば勝手に向こうがいいように解釈してくれるんだから」

この正が、あの頑固で面白みのない父の実の弟であるということが信じられない。自分と同じ血が流れているということも、同じ理由で信じられない。

「……佐々は宿題教わりに来たんじゃなかったの？」

「あ、そうそう。そうだった。カナは数学得意だよね、歴史の成績もいいし。全然違う教科なのにどっちも得意科目って何で？」

「年号覚えるのが好きなんだ」

「げ。あたしそれいっちばん苦手」

「ノート出して」

ダイニングテーブルで二人が勉強を始めると、正は「頑張れ学生」と笑いながらその隣りで新聞を広げた。

「年号？　あーやった俺も。あれって語呂《ごろ》合わせにして覚えるといいんだよな。ひとよひとよにひとみごろ……とかさ」

「それ違う。それは数学」

「あれ、そうだったか？　あ、そうかルートの計算か。そんなのやったのずっと昔だからなー、いいなぁおまえら。若いうちに学んどけよ、学生時代は貴重だぞ、二度と返らないぞ」

「えーじゃあ代わってよ正さーん」

「現実逃避してる暇があるなら一つでも年号を覚えた方がいいと思うけど。佐々のクラス、火曜にテストだろ」

「あーそーだったー！　カナのクラスはないの小テスト？」

「もう終わった」

緑茶をすすりながら要が答えると、操は歴史の教科書を膝《ひざ》の上に広げ「全然頭に入んないよ」と大げさに嘆いて天井を仰ぐ。

「カナはどうやって覚えてんの？　やっぱ語呂合わせ？」

「僕は暗記は嫌いじゃないから。普通に数字の組み合わせとして覚えてる。後はおおまかな歴史の流れをつかんでおくといいよ。覚えやすい」

「……あたしは語呂合わせでいい。今必要なのは応急処置なの。正さん教えてっ」

「俺は今から稲川淳二《いながわじゅんじ》の実話怪談ビデオを観るからだめ」

「怪談ー？　正さんそういうの好きだっけ？　実話ものなら、こないだ借りた、視聴者の体験を再現するやつですっごい怖いのがあって」

「ああ視聴者から募集するタイプな。そういえば昔さ口裂け女とか流行《はや》ったけど、あれあんまり怖くないよな」

「でも話としてはおもしろくない？　最近うちのクラスで流行ってるのはね、『記憶屋』って話なんだけど……」

「……佐々。テスト勉強はいいの？」

「要は怖い話とかダメだよな！　俺がビデオ借りてきても観ないだろ」

「えー何カナ怖い話ダメな人？　いーこと聞いちゃった」

「……。佐々」

　案の定、と言うべきか、勉強会はたった一度挟んだ休憩から怪奇ビデオ鑑賞会へとなだれ込み、操はかろうじて数学の宿題を終えただけで、手つかずの歴史の教科書とノートを抱えて帰っていった。

　後日、小テストが返ってきた。

　昼休みに会った時、操に点数を訊かれたので正直に答えたら、何故か恨みがましい目を向けられる。

　彼女の点数は訊かないことにした。

＊

掃除の後で、待ち伏せしていた三人組の女子に手紙を渡された。

複雑に折りたたまれた便箋《びんせん》を開いてみると、蛍光色のペンで書かれた丸い文字が並んでいる。放課後、三階の西階段まで来てほしい、というようなことが書いてあった。

用件の予想はついていたので気が重かったが、無視すれば後で余計面倒なことになる。

手紙の差出人本人よりも、それを届けに来た友人の少女たちの反応が容易に想像できた。

「図書室で、ずっと見てて、好きでした」

人気のあまりない三階の西側の階段で、彼女が躊躇《ちゅうちょ》する間随分待たされ、ようやく告げられる。

顔も知らない二年生だった。

「……悪いけど」

最初から用意していた応えを口にすると、知らない少女の顔が歪《ゆが》んだ。

耳まで赤くして、彼女はその場から動かない。

冷静に彼女を観察しながら、不快感が胃の辺りにわだかまるのを感じた。

泣くなら後にしてくれ。用が済んだなら解放してくれ。

応えられないのは自分のせいなのか？

「もう、行っていいかな」

不自然にパールの艶《つや》ののった唇を噛《か》んで俯《うつむ》く。背を向けようとした要に、すがりつくように顔をあげて言った。

「ショートカットの、あの人ですか？　つきあってるんですか、だからダメなんですか」

「佐々は関係ない」

苛《いら》立《だ》ちが募った。

理由が必要なのか、それを説明する義務が自分にあるとでも？

わざわざこんな場所に呼び出され、聞きたくもない告白をされて、挙句。くだらない、くだらない。苛立っている自分にまた腹が立った。

「僕は佐々とつきあってないし、そのことと、僕が君とつきあえないことには何の関係もない。僕は君を知らないし、君と恋愛をする気もない。……もういいかな」

背を向け、歩き出す。彼女は動かなかった。

すぐ後に、反対方向から駆けて来る複数の足音が聞こえた。これから彼女の友人たちが彼女を慰めるのだろう。

そしてきっと明日には、彼女たちのクラスで自分は極悪人扱いをされている。

気持ちが悪い。

要を置いて出て行った母親とは、年に一度か二度、外で一緒に食事をした。

そらぞらしい笑い声、きっちりとマニキュアの塗られた指。笑わないのねと彼女は悲しげに整えられた眉《まゆ》を寄せ、去り際には必ず要を抱きしめた。

会う度彼女の化粧は濃くなっていくようだった。そしていつも、きつい香水の香りがした。

彼女が家にいて要と父親のために食事を作ってくれていたのは、もうずっと昔のことだ。その頃の彼女からは、しなかった香りだった。

自分を置いて家を出た母親を、恨んでいるわけではない。彼女には彼女の事情があったのだろうと今なら理解できるし、一人で食べる食事にもとうに慣れた。

ただ、彼女と会った後はいつも頭痛がした。

どうしてどうしてどうしてあんな。

こめかみを押さえて目を閉じた。

好きだなんてよく言える。何がわかるというのだ、自分の。どうしてそんな風に簡単に、

「……迷惑だ……」

頭が痛い。痛い。

まぶたの裏がちかちかして、目を閉じていても辛《つら》い。

気持ちが悪い。

ふっと目を開けた。名を呼ぶ声、この声は要を傷つけない。

鞄《かばん》を教室に置いたままだったから、捜しに来たのだろう。

「カナ？」

「……佐々」

大丈夫だ。平静を装うのは得意だ。装っているうちに本当に落ち着いてくる。

教室へ行って鞄を取ってこなくては、あまりぐずぐずしていたら、最悪先ほどの二年生たちが下りて来て鉢合わせしてしまいかねない。

声や表情を取り繕ったつもりでも気づかれてしまったのか、操は黙って要を見ていた。

先に教室に寄ったのなら、要が二年生の少女から手紙を渡されたことも聞いているかもしれない。それなら、要がここにいる理由にも気がついているだろう。

思い出したら、また気分が悪くなりそうだった。

「鞄を取ってくる」

ごまかすように言って歩き出した。それを操が止めた。待って、と珍しく真剣な声で。

要は立ち止まって、操を見た。操が何か言い出すのを待った。

「……佐々？」

下校を促す校内放送が流れている。

＋
＋
＋

関谷《せきや》正がそれに気づいたのは、要と操と三人で何度目かの食事をした、一週間ほど後のことだった。

四年ぶりに操が帰ってきて、半年ほどたって、要は少し変わったようだった。表情が柔らかくなった。正は、学校での要のことは知らないが、少なくとも自分の見ている限りはそうだった。声をあげて笑うことはなくても、笑って騒いでいる操や正を見ている時ふと唇を緩めたり、時々は冗談に冗談で返したりすることもあった。

操のように明るく笑ったりはしゃいだりはしない。それでも、まとっていた他人を拒絶するような雰囲気は、随分と薄くなっていた。

凍りついたような無表情では、なかったのだ。

正にはそれが、とても嬉《うれ》しかったのに――一週間ぶりに会った要は、外界をシャットアウトするかのように表情を消していた。

正と向かい合って炒飯《チャーハン》を食べている間も、ほとんど口をきかなかった。

訊《き》かれることに短く答えるだけで、目も合わせない。口数が少ないのはいつものことだったが、雰囲気でわかった。

要が笑わない。

何かあったのか。訊けなかった。拒絶されているのがわかる。

スプーンを置いた。

「ごちそうさま」

食器を重ねて、流し台へ運ぶ。硬質な横顔。食器洗いは、洗い役と拭《ふ》いてしまう役とで手際よく済ませるのが決まりだった。無言のまま、要は袖《そで》をまくって布巾《ふきん》を手にとる。

流し台の前に並んで作業をしながら、正は眉間《みけん》に皺《しわ》を寄せている要を見やった。

「何考えてるんだ、難しい顔して」

要は皿を拭く手を止めない。

「……考えないように、してるんだ」

二人分の食器はすぐに洗い終わった。

要は食器を棚にしまうと、「勉強してくる」と言って部屋を出る。

「そういえば、操ちゃんは？」

ドアに手をかけ閉めようとした要は、何気なく投げかけられた質問に一瞬動きを止め、

「――さあ、クラス違うし。今日は会ってないから」

鉄壁の無表情と、心中の読めない平坦《へいたん》な声でそう答える。ドアは静かに閉まった。

おかしいなと思ったのは、それが最初だった。

それから二日ほど後、たまたま道で下校途中の操に会った。

操は正を見て笑い、挨拶《あいさつ》をしたが、いつもの彼女らしくない、無理をした笑い方だった。どこかが痛むのを隠して笑っているような。

「何かあった？」

ぎこちない笑顔のまま、操は答えない。

成績のこと学校のこと、些細《ささい》な出来事まで、操はよく正に話した。相談に乗ってやることも少なくなかった。しかし操は、今度は何も言う気がないらしかった。

言う気がないのに、無理に聞き出すわけにはいかない。仕方ない、と正は自分の髪をかきまわした。

「……ま、何もないんならいいんだけどさ」

要も何か元気なくてさ。

正が言うと、操は口元を歪《ゆが》ませる。笑みの形を作った唇の、端が震えていた。

「それ、多分あたしのせいなの」

操はそれ以上何も言わなかった。訊かれたくないと彼女が思っているのがわかったから、正も訊かなかった。

要も操も現代の中学生だ。悩みの一つや二つ、あるのは当たり前だろう。そう思って追及はやめた。

次に会ったら、二人とも元気になっているといい。そう思って別れた。

「あ、正さん！　こんにちはー」

「……操ちゃん。今帰り？」

「クラスの子とおしゃべりしてたら遅くなっちゃったの」

佐々家の門の前で会った操は、正に屈託のない笑顔を向けた。明るい声にも、無理をしている様子はない。どうやらすっかり立ち直ったようだ。悩みは解消されたらしい。

心からよかった、と思いながら正は笑みを返した。

「よかったよ元気そうで」

「あはは、何それー。あたしはいつも元気でしょ？」

「いやいやホントに。お茶でも飲んでく？　要まだ帰ってないみたいなんだけど、俺この家の鍵《かぎ》持ってるから」

「かなめ？　さん？……えっと」

ちゃり、と関谷家の鍵を目の前に掲げてみせた正に、操は笑顔のまま、ことりと首をかしげる。

「あたし会ったことないよね？」

とっさに、意味を理解できなかった。

「……悪い、え、何？」

聞き間違えたかと聞き返して、操に再び首をかしげられた。

「要だよ？　俺の甥《おい》のあの、」

意思の疎通がスムーズにいかなかっただけのことだ。そうに決まっていると頭では思うのに、

(何だよこれ)

妙な不安を感じていた。

操の肩ごしに、近づいてくる制服姿の要を見つける。ほっとする気持ちと、来ないでくれという気持ちが同時にあった。

要は操と正を見ても、表情を変えずに近づいてくる。操が気づいて振り返った。

「何してるの正兄さん」

「要……」

「鍵持ってなかった？」

要はポケットからキーホルダーも何もつけていない鍵を取り出し、家のドアを開ける。

「かなめさん？……じゃなくて、かなめくんか」

操は、鍵を引き抜いて家に入ろうとしていた要に駆けより、

「こんにちは」

人懐こく笑いかけた。

要は、動きを止め、じっと操を見返している。

何かおかしい。

――「かなめくん」？

正と同時に、要も気づいたらしかった。

要の両目がゆっくりと見開かれるのを、正は見ていた。

＋＋＋

操は、要のことをすっかり忘れてしまっていた。

正のことは覚えていた。小学生の頃隣りに住んでいたということも、中学生になってから再会したということも。ただ、要だけを思い出せないらしい。

理由はわからない。

さすがに操の両親には話したが、彼らにも思い当たるふしはないという。頭を打った覚えはないという操を、念のため病院へも連れていったらしいが、検査の結果脳に異状は見られなかったとのことだった。

原因も何もわからないのでは、誰にもどうしようもない。

ごめんなさいねと困った顔で謝る佐々夫人に、要は短く「いえ」と答えただけだった。

要が無理をしているのだと思ったらしく、佐々夫人は余計にすまなそうにしていた。

要が何を考えているのか、正にはわからない。平気なわけがないと思うのに、要はいつものように冷静に見えた。

「おまえには心当たり、ないのか？」

正が訊いても、要は「さあ」と目を逸《そ》らすだけだ。読んでいた本を閉じ、席を立つ。

「ごめん、宿題あるから」

素っ気なく言って、要は出ていってしまった。

どうして操が要だけを忘れたのか、どうすれば思い出すのか、自分たちが悩んだり騒いだりしてわかるわけではない。それで事態が好転するわけではないし、忘れられた本人である要が平気ならば、害は何もないと言っていいのかもしれない。それでも、悲しい。

閉じたドアを眺め、正は一つ、息をつく。

(知ってるのか、操ちゃんはおまえが好きだったんだぞ)

要。

おまえだって、忘れられて淋《さび》しいとは思ってるんだろう？　じゃなきゃ操ちゃんがかわいそうじゃないか、彼女だっておまえを忘れたくなんかなかったはずなのに。

幼馴染《おさななじみ》として、友達としてではなく、要が好きなのだと操に告げられたのは、二ヶ月ほど前のことだったか。いつも元気すぎるほど元気な操が、恥ずかしそうに笑って言ったのを、よく覚えている。

「でもカナはあたしのこと、そういう目で見てないよね。わかってるんだ」

これからもそうとは限らないよと、励ました。

要に告げる気はないのかと訊《き》いたら、操は「言いたいけど」と困ったように言葉を濁していた。

小学生の時に母親が家を出てしまってから、要は笑わなくなった。

正の兄でもある要の父親は、真面目で頑固で仕事熱心で、融通のきかないタイプの人間だった。要の母親は家を出てから、年下の男性と暮らし始めたらしいが、今も籍だけは関谷のままになっている。

彼女が関谷家を出てから一度だけ顔を合わせたことがあるが、随分と派手になっていて驚いた。若返ったように見えた。新しい恋人の趣味なのか、艶《つや》っぽい香水の香りがした。

要は、年に何度か、彼女に会っているようだ。彼女の方から連絡があって呼び出されていくようだが、それから帰ってくると要は、決まって、いつも以上に完璧《かんぺき》なまでに表情を消していた。

そのせいかもしれない。彼が、女性や、女性との恋愛というものに対して、一種嫌悪にも似た感情を抱いていることに、正は気づいていた。おそらくは操も、うっすらとは気づいているのだろう。

それでも操に対しては、要は肩の力を抜いていられるようだったから、彼女ならもしかしたらと、正も思っていた。

「……カナ、困っちゃうかなぁ」

笑って頬をかいていた、操。それが、要を好きだったことすら覚えていないなんて。

操なら、張り巡らされた壁を乗り越えて、要に近づけるかもしれないと思っていた。

(思ってたのに、な……)


自室に引っ込んだ要にコーヒーミルクを持っていってやり、正は関谷家を出た。

隣りの佐々家の、二階の窓を見上げる。操の部屋の電気がついていた。

制服姿の少女が、角を曲がって歩いていくのが見える。操の友達が、来ていたのかもしれない。

操は人なつこく明るい少女だから、友達はたくさんいるだろう。それでも要は確実に、彼女にとって特別だったと思うけれど——彼を存在ごと忘れ去ってしまった今、操はもう、無口で無愛想な隣人の少年など必要としないだろう。

もう、思い出さないのだろうか。おかしなこともあるものだ、と首をひねって、それで終わってしまうのだろうか？

(なぁ、おまえはそれでいいのか？)

忘れられたままで。

あの日からずっと訊けずにいた。訊いてもいいことなのか、判断がつかなかった。

今日も訊けなかった。

（いいのか？　要）

正は二つの窓に背を向け、歩き出した。

＋＋＋

冷めた様子が逆に危なっかしい気がして、時間がある時はできるだけ関谷家を訪ねるようにしていた。

自分以外に、唯一要を笑わせることのできた操は要を忘れてしまった。せめて自分は近くにいなければいけない気がしていた、今だけでも。

操が要を思い出さなかったら、要はもう、この先ずっと笑わないのだろうか。

食事の支度をしているとチャイムが鳴った。

インターホンに出ると、「操です」と返事。

「今開けるよ」

答えながら思わず、冷蔵庫から麦茶を出そうとしている要を見やった。気配を察したらしく、要の表情はすっと硬くなる。何かに対して身構えているかのようだ。正が玄関まで走って行ってドアを開けると、ラップをかけた皿を持って操が立っていた。

「こんにちは。正さん来てたんだ。……これ、ママが。要くんに栄養つけなさいって」

蓮根《れんこん》とひじきと里芋の煮物を手渡される。まだ温かい。礼を言って受け取った。

「うまそう。いいお隣りさんだなぁ……あがってお茶でも飲んでく?」

「んー、もう家でもごはんだからいいや。でもまた今度ゆっくり、要くんのこととか教えてね」

「要のこと?」

「うん。あたしが知ってた要くんのこと。小さい頃のこととかも。話聞いてるうちに思い出すかもしれないから」

ダイニングから、要が出てくる。操が「煮物食べてね」と笑いかけると、「ありがとう」とだけ応《こた》えた。

「ごめんね、まだ思い出せないんだけど……」

「佐々のせいじゃないから」

素っ気無く言って、正から皿を受け取る。

「おばさんにも、お礼言っておいて」

「あ、うん」

最低限の礼だけ尽くして、すぐに背を向けてしまう。

ダイニングへ戻っていく背中は、まるで操を避けているようだった。やはり面と向かって、覚えていないと言われるのは辛《つら》いのだろうか。

後姿を見送った操は、「クールだね」と苦笑した。

「あたしと要くん、小学生の頃からよく一緒に遊んでて、仲良かったのよってママが言ってたの。あたしは全然覚えてない。要くんは、落ち込んでるとかそういう風には見えなかったけど、でも……そんなに仲良かったなら、やっぱり……悪いなぁって」

要のことを忘れていても、操は操だ。そのことを嬉《うれ》しく思うと同時に、胸が痛んだ。操が要を好きだったことは、おそらく正しか知らない。操自身さえも忘れてしまったその想いは、確かに存在していたのに。

「ねえ正さん、あたしと要くんってそんなに仲良かったの？　要くん、学校で見かけても静かで、何かちょっと近寄りがたい感じなんだけど」

「……うん。そうだなぁ」

すごく、仲が良かったよ。要はあんまり笑わない奴だけど、操ちゃんといる時はちょっと肩の力が抜けてて、見てて安心したなぁ。

正がそう言うと、「覚えてないのが勿体《もったい》無いな」と笑った。

「あたし頑張って思い出す。要くんの笑ったとこ見てみたいもん」

本当にそうなればどんなにいいか、と——こんなにも願っていることを、気づかれないように笑って。

そうだな、と応えた。

「……おまえは、いいのか？」

日曜の午後。

図書館へ行くという要を送り出すため外に出て、ふと、ずっと思っていたことが口からこぼれた。

「何が」

「忘れられたままで、さ」

危惧《きぐ》していた反発はなく、要はあくまで冷静に答える。

「いいも悪いも、僕が言ってどうこうなるわけじゃないから」

無感動にショルダーバッグの肩ひもを直し、

「原因も何もわからないんだから、対処のしようもないし」

「でも、原因はあるはずだろう？　頭を打ったとか……俺たちの知らない所でさ。操ちゃんの友達にも、思い当たることがないか聞いてみるとかして……」

「そんなこと、佐々がもう聞いて回ってるんじゃないの」

要の言うことはもっともで、しかし体温を感じさせない正論だった。何も感じていないわけではない、傷ついていないわけがない。十四年もつきあっている正はそれを知っているけれど、

（そんなんじゃ伝わらないじゃないか）

要の悪い癖だ。まるで、理解されなくてもいいと思っているようだった。

伝えようとしなかったら、相手に届くはずもない。まして今の操は、要が何も言わなくても彼のことをわかっていた、以前の操ではないのだ。諦《あきら》めるなよと言いたかったが、要の顔を見たら、結局口には出せなかった。

「記憶屋よ」

ふいに、さらりとしたアルトが滑り込む。

「記憶屋が、佐々操さんの記憶を消したの。彼女がそう望んだからよ」

声の主は、いつのまにか二人のすぐ横に立っている。

歩き出そうとしていた要が足を止め、

「それはただの都市伝説だ」

冷たい声で言った。

要の知り合いかと思ったが、警戒するような彼の様子から、どうやら違うらしいと察する。

彼女の言ったことは、正にはまるで理解できなかった。要には理解できているのだろうか。記憶屋？　そういえば操がそんな話をしていたような。

「後悔してるの？　彼女をふったこと」

嚙《か》みあっているのかいないのか、彼女は自分のペースで話す。要の眉間《みけん》に力が加わるのがわかった。

操をふった、要が。初耳だった。正は思わず、要を見る。

要は一度ゆっくりと瞬《まばた》いて、指先で眉間に触れ、自分を落ち着かせるような仕草をした。何かに苛立《いらだ》っているのを静める仕草。

そして、冷静な声で言った。

「――今また同じことを言われても、同じ返事しか返せない。僕は佐々を恋愛対象として見たことはないし、見たくない」

見たくない、と言った。見ない、ではなく、見られない、でもなく、見たくない、と。

正はそれに気づいた。

驚くべきことに、彼女も、その意味を正確に理解したらしかった。

「そうね」

とても静かにそう言って、彼女は目を伏せる。

「彼女もそれがわかっていたみたい」

ひらりとスカートを揺らして歩き出す。呼び止めようとした正の声にも反応せず、背を向けたきり振り向かずに佐々家の角を曲がっていってしまった。

正は中途半端にあげていた手を下ろし、横で立ち尽くしている要を見る。

要は唇を結んで、表情を隠そうとするように額に手をあてていた。

記憶を消したとか、操が望んだ、だとか――彼女の言ったことはほとんどが意味不明で、正はついていけなかったけれど、その中で、どうしても無視できない一言があった。

操をふったことを後悔しているかと、彼女は言ったのだ。要に。

「……要」

背を向けて歩き出そうとした、その腕をつかむ。

要は強引に振り払おうとはしなかったが、振り返りもしなかった。こちらを見ない彼に、

「本当なのか？　今の話」

真剣に訊《き》いた。真剣に答えてほしかったから、手に力をこめて。

「おまえ、操ちゃんをふったのか？」

「………………」

俯《うつむ》いたせいで前髪がかぶさって、要の表情は見えない。

ようやく、

「手、放してよ。……逃げないから」

要が言った。

正が手を放すと、要の腕は力なく垂れ下がった。

＋＋＋

告白されたんだ、佐々に。

正がティーバッグで入れた紅茶のカップを渡してやると、要はそれを受け取り、正が向かいに腰を下ろすのを待って口を開いた。

放課後、学校で告げられたのだという。要は他の誰かに告白された直後で、佐々を見た時は安心したのだと。正が質問を挟む必要もなく、要は淡々と話した。

「まさか佐々にそんなこと、言われると思ってなかったから」

裏切られたような気になった。

そう言った。

操がここにいなくてよかった、と思う。告白が裏切りだなどと言われたら、想いの全てを否定されるような気持ちになるだろう。

「おまえ、……まさかそれ、操ちゃんには」

「さすがに裏切られたとまでは言ってないよ。……でも、冷たくふった。取り付く島もないくらい、はっきり……迷惑だって、言ったよ」

突き放す冷たさで。

こんな時まで、要の声は冷静で、その単調さが痛かった。

こんな声で迷惑だなんて言われたら、もう何も言えない。

「どうして……」

操はおそらく訊けなかっただろう、質問を口にする。

操は特別だと思っていた。彼女が要を想うようには、要は彼女を思っていなかったとしても。十四年も要を見てきた正が、操といる時の彼を見て、自然にそう感じたのに。

「……もっと、……操ちゃんを傷つけないような、断り方はなかったのか？」

「希望を持たせるようなことは言えないよ」

「それでも！……断るにしたって、他に言い方があっただろう？……おまえが、恋愛を苦手に思ってるのは知ってる。でも」

要が、操を嫌いだったはずがない。恋愛感情はなくても、大事に思っていたはずだ。少なくとも傷つけたくないと思う程度には、思っていたはず。

それなのにどうして、操はそんな風に冷たく拒絶されなくてはいけなかったのか。

「……俺は、おまえにとって、操ちゃんは特別だと思ってたよ」

それ以上何を言ったらいいのかわからなくなって、正は息をつく。

要は両手で持ったカップに視線を落とし、

「特別だったよ」

ぽつりと言った。

正の視線を避けるように俯き、

「特別だった。大事だったよ。正兄さんと佐々といる時だけは安心できたんだ。なくしたくないと、思ってた」

「……要、」

「誰に告白されたって、断った後のことなんて考えなかった。どう思われようが何と言われようがどうでもよかった。面倒臭いとか鬱陶《うっとう》しいとか、それ以上の感情なんてなかったから冷静に対処できた。あんな言い方しかできないくらい動揺したのは佐々だったからだ」

　正に口を挟ませないくらい、早口に、何かにぶつけるように。話す要の声は、次第に強くなる。いつのまにか、冷静で無感動な声ではなくなっていた。

「佐々とだけはずっと、今までと同じ……あのままの関係を、続けられると思ってたんだ。何があっても佐々と正兄さんだけは、……あの場所だけはいつも在るからって、大丈夫だって。何の根拠もなく信じてた。僕が勝手に信じてたんだ。でも」

　でも佐々は。

　指先が震えるほど、きつくカップに両手を押し当てて、要はぐっと何かを押さえ込むように一度口を閉じた。

　顔にかぶさった前髪の間からのぞく顔は、ひどく辛《つら》そうだった。

「……やめてくれ、って。やめてくれ頼むから、って……佐々の顔も見ないで、言った。本心だったよ。それしか考えられなかった」

　言いながら、片手をカップから離して顔を覆った。

「一番なくしたくないものが、こんなに簡単に消えるのかって。そう思ったら、どうして、って、もうそればかりで」

　右手のひらの下から、搾り出すように言った。

「好きだなんて一言が、僕から全て奪っていくんだ」

やめてくれ、頼むから。

迷惑なんだ。

苦しそうに、酷《ひど》い痛みを堪《こら》えるように顔を歪《ゆが》めて——今のように、こんな風に、要は操にそう言ったのか。

突き放す言葉、冷たい言葉。それだけではなかった。

操ならわかっただろう。

黙り込んだ要を、正も黙ったまましばらく見ていた。

紅茶は口をつけられないまますっかり冷めて、要の手にしたカップからも湯気はもう立たなくなっていた。

「……傷つけたかったわけじゃないんだ」

やがて、ぽつりと言った。

「でも、傷つけたんだと思う。……忘れてしまいたいと思うくらい」

顔を伏せたまま、力なく。

そう言った要自身も、操と同じように傷ついているように見えた。

大事だった、特別だった。恋愛感情がなかっただけだ。

要が操に恋をしなかったことも、操が要に恋をしたことも、どちらも仕方がないことだ。誰にもどうしようもないことだった。

「佐々が僕を、友達としてじゃなく好きにならなければ、ずっと一緒にいられたのに……佐々の僕への気持ちが、僕から佐々を奪っていくんだと思った。それで佐々を傷つけたって、元に戻れるわけじゃないのに」

要は俯いたきり顔をあげない。

おまえのせいじゃないなんて、言っても意味がないのはわかっていた。

かける言葉は見つからなくて、でも言わなければいけないことがあった。操はもう忘れてしまって、要に伝えられるのは自分しかいなかった。

「要」

自分の分のカップを膝《ひざ》の上に下ろして、顔を隠した要を見る。要は正を見なかったが、かまわず口を開いた。

「操ちゃんは、おまえに突き放されたことが悲しくて、記憶を消したんじゃないと思う」

知ったところで、何が変わるわけではないのかもしれない。消えた記憶が元に戻るかどうかもわからない。それでも。

「操ちゃんはおまえのこと、わかってたよ。だから、気づいたんだと思う。おまえが、どんな気持ちで言ったのか。おまえが操ちゃんをどれだけ特別に思っていたかも」

顔を伏せたままの要に、一言一言、考えながら言う。伝わるように。

「自分の気持ちがおまえを独りにするって、わかってしまったから——それでも言わずにいられなかった操ちゃんの気持ちも、おまえは知っておくべきだと思うけど——とにかく操ちゃんは、どうしたらおまえに『大事な友達の佐々操』を返してやれるかって、考えたんだと思う」

　ぴくりと、要の肩が動いた。

「操ちゃんが努力して今まで通りに振舞ったとしても、おまえは彼女が自分を好きなことを知ってしまってるんだ。今まで通りではいられない。告白をなかったことにしたところで、気まずくなるのは目に見えてる」

　要は顔をあげないが、聞いているのはわかっている。ゆっくりと丁寧に、言葉を選んで続ける。

「それに多分、……操ちゃんだって、おまえへの気持ちを完全に捨てて、これからもずっとただの友達として接するのは辛いだろうしな。無理がある。だけどもし、彼女が、おまえをすっかり忘れてしまったら」

　一度言葉を切り、息を吸って吐いた。

「そうしたら、恋愛感情も当然、消える。おまえを縛るものはなくなる。……それしか方法が思いつかなかったんだ」

　自分の意志で記憶を消すなんて、夢物語のような話だけれど——もしそんなことが可能だとしたら、操が記憶を消そうとしたのはきっと要のためだ。

　要と、「友達」に戻るための唯一の方法だったから。

「恋愛感情だけじゃない。操ちゃんは、おまえが彼女を思っていたのと同じようにおまえを好きだった。友人としてのおまえのことも、ちゃんと好きだったよ。要」

「おまえは、だから、裏切られてなんかいない」

要はゆるゆると、顔を覆っていた手を外した。わずかに顔をあげ、……それから、また、同じ右手で目を隠した。

何かに懺悔《ざんげ》するように、うなだれて——しばらくの間、そのままの姿勢でいた。

声を殺していた。

*

静かな廊下に一人で立っていた。

正と話した翌朝、眠れなかった割に何故か頭はすっきりしていた。だから、いつもより早い時間に登校してみた。

校舎に人はほとんどいない。静かだった。運動部がグラウンドで朝練をしていた。ぼんやりと窓から外を眺めていると、ぱらぱらと登校してくる生徒たちが見える。その中に、操もいた。窓から見ている要には気づかない。

記憶をなくす前は、毎朝のように家まで要を誘いに来た。どちらかに用事がない時は、一緒に登下校するのが当たり前になっていた。

「……忘れられたかった、わけじゃないんだ」

呟《つぶや》いた。

後悔しても遅いけれど。

もう一度彼女に、笑みを返せるようになりたかった。彼女が自分に恋愛感情を抱く前の関係に戻りたかった。それだけだったのだ。

親友としての操を失いたくないと、そればかりで、彼女に悲しい選択をさせた。

取り返しがつかない。

「もう遅いよ」

声が聞こえて、要はゆっくりと首を回して振り返る。

アルトの声。

要は彼女を覚えていた。

「一度消したらもう戻せないの。でもこれは彼女が望んだことよ」

「知ってる」

要は振り向いた時と同じように緩慢な動作で、また窓の方へ向き直った。操は校舎に入る所だった。

「彼女があなたを思い出すことはないわ。これからのことはわからない。このまま、ただのお隣りさんとして過ごすことになるかもしれないし、あなたが望んだみたいに、友達としての関係をまた築けるかもしれない。試してみたら？」

「………」

「新しいチャンスを与えられたんだから。今度は恋愛抜きで、いい友達になれるかもしれないでしょう？」

窓ガラスに映った彼女が、思案するように丸めた指を顎《あご》に当てる。

「──それとも、そうね。彼女はまた、あなたに恋をするかもしれない。先のことはわからないから」

爪の先で、笑みの形を作った唇をなぞるようにして、彼女は言った。

「……そしたらまた、食べてあげてもいいわ」

ガラスの中で彼女が背を向けるのを見たけれど、要はそのまま振り向かずにいた。

人の気配や話し声が、次第に増え始める。

何人かが要の後ろを通り過ぎ、教室に入っていった。

四組の教室へ向かう途中らしい操が、要に気づいて立ち止まる。

「あ……おはよう！　早いんだね要くん」

要が振り向くと、前と変わらない笑顔があった。

いつも自分に向けられていた、笑顔だ。

急に、切ないような幸せと痛みが胸をよぎって、要は唇を歪《ゆが》めた。

「おはよう」

微笑んでみせる。ぎこちないものだったかもしれない。けれどそれは思っていたほど、難しい作業ではなかった。

操は嬉《うれ》しそうに、笑い返してくれた。

at present 3

当の佐々操には別室にいてもらい、関谷要というその少年の自宅のリビングで、彼と話をした。

まずは遼一の方から、自分のまわりで起こったことについて話す。要は黙って聞いていた。その間中表情もほとんど変わらなかったので、信じてもらえていないかもしれないと不安だったのだが、そういうわけでもないらしい。遼一が話し終えると、「事情はわかりました」と言った。

「僕が知っていることなら、僕が話せます。佐々と話をしたいなら、僕にそれを止める権利はありませんけど、佐々が何故、何を忘れたかについては、彼女には話さないで下さい」

そう前置きをして、要は、佐々操とその周りの人間に起こったことを話してくれた。自分と似た立場の遼一に、同情してくれたのかもしれない。

話を聞いた後、要は自分以上に、「忘れられた側の人間」であることがわかった。操は彼を忘れるために記憶屋に依頼した――操は意図的に、自分の中から彼の存在を消してしまうことを選んだのだ。

操に対して、そして記憶屋に対して、要は憤りを感じないのか。そう思って疑問を口に出すと、要はゆるく首を横に振った。

「親友という関係を取り戻すためには、他に方法がなかったことはわかっているから。僕のためにしてくれたことも」

テーブルの上で指を組んで、視線はその指へ落とす。

「こんな風になることを、望んでいたわけではなかったけど……僕に、怒る資格なんてないじゃないですか。なかったことにしたいって、最初に願ったのは僕の方なんです」

操が記憶を失くした経緯を話すとき、要は辛《つら》そうだった。しかしその言葉の通り、彼から記憶屋に対する怒りは感じられない。

操本人に話を聞けないかというと、要は、彼女が記憶屋に依頼をした理由を彼女には教えないと約束するなら、と念を押した。

操は、自分が要と幼馴染《おさななじみ》だったことは聞かされていて、要を忘れてしまったこともわかっている。ただ、なぜ忘れたのかはわかっていない。記憶屋に会ったことも、自分が要に恋愛感情を抱いていたことも、教えられてはいないという。

遼一と要が話している間中二階にいた（要の指示らしい）操は、ずっと階下を気にしていたのだろう、要に呼ばれるとすぐに下りてきた。

遼一がソファから立ち上がり会釈すると、彼女も勢いよく頭を下げる。

要は遼一を、記憶屋の噂について調査している大学生だとだけ紹介した。

「記憶屋って、都市伝説ですよね？」

促されて座りながら、操は不思議そうにしている。

「結構有名な話だから、私も知ってはいますけど……でも、ほんとに噂で聞くくらいで」

「いえ、記憶屋についてではなくて、操さんのお話を伺いたいんです」

遼一が言うと、操は怪訝《けげん》そうな顔をした。

「……あたしの話ですか？」

「原因不明で記憶喪失になった方に、お話を伺ってるんです。馬鹿馬鹿しいと思われるかもしれませんが、おつきあいください」

「お役に立てるかわかりませんけど……」

要に聞かされていた通り、操は、記憶屋に会ったことは全く覚えていなかった。自分が記憶屋を探していたことすら、記憶にないらしい。ぽっかりと要の記憶だけが抜けていることに疑問を感じてはいるようだったが、都市伝説の怪人とその現象とを結びつけてはいないようだった。

「変に騒ぎになったりしても嫌だから、あたしが記憶を失くしたことはあんまり人には言ってないんです。それでも仲いい子で知ってる子はいて……それって記憶屋じゃないのーみたいなこと、言われたことはありますけど。でも、あたし、もともとそういう都市伝説とか、あんまり信じる方じゃないですし」

　記憶屋について調べている、と紹介された相手に、都市伝説を信じないなどと言うことにためらいがあったのか、少し気を遣うように語尾を弱めて操が言う。

　都市伝説を真剣に調べている大学生なんて、女子高生にとっては得体の知れない人間に思えるだろう。しかし彼女は親切に、きちんと答えてくれている。

　なるべく事務的に聞こえるように、静かに訊《き》いた。

「記憶をなくしたことについては？　どう思いますか？」

「あんまりピンとこないというか、実感がなくて……。要くんと仲良かった頃の思い出とか、忘れちゃったのは残念だし、要くんにも悪いと思います。でも、今も仲よくしてもらってますし。失った、みたいな感じはあんまりないかな……」

　要に恋をしていた記憶は、根こそぎ奪われて彼女の中には残っていない。だから、記憶を失くして悲しいと思う気持ちさえない。

　操は今、自分が不幸だとは思っていないだろう。しかしそれを幸せだと言えるだろうか？

（彼女が記憶屋を頼ったのは、要くんを苦しめたくない一心からだ）

　けれど彼は、操が記憶を失くした後も、苦しんでいるように見える。

　自分の想いを犠牲にしてまで守りたかった人を、悲しませるような選択を、正しいとはどうしても思えなかった。

「どうして忘れちゃったのか、何も原因に心当たりはないんです。検査しても、頭をぶつけたとかそういう痕《あと》もなかったし、本当、わからないんですけど……。記憶屋、みたいなのがもし本当にいるとしても、あたしと関わることは、ないと思います」

　そう言ってから、操は「でも……」と何か言いかけて迷うそぶりを見せる。

　架空の存在について真面目に意見を述べることに気恥ずかしさを感じたのか、視線をガラステーブルの表面にさまよわせていたが、

「……でも、もしも、会っていたとしたら……それは、私が頼んだってことですよね？　記憶屋って、頼まれて記憶を消すんでしょう？　だったら、記憶屋はその人にとって恩人ってことになりますよね。嫌な記憶を消して苦しみから解放してくれた、恩人」

　遼一も要も真剣に聞いているということがわかったらしく、顔をあげて続けた。

「それなら、記憶屋の依頼人は、もし記憶屋に会っていてそれを覚えていても、誰にも教えないんじゃないかなって、思います。……あ、私は本当に、覚えてないんですけど」

　高原弁護士の事務所で会った、外村のことを思い出した。しかし今は、そのことよりも。

「……覚えていないけど、会っていないと思うと今言いましたね？　理由を聞いてもいいですか？」

　操ははっきりと目をあげて、姿勢よく正面の遼一を見ながら答える。

「それは、私個人の性格の問題なんです。私は、嫌な記憶は消しちゃって、すっきりして生きていく、なんて……そういうのは、楽かもしれないけど、何か違うんじゃないかなって思うから。そういうのは個人の考え方だから、批判とかするつもりはないんですけど……私はあんまり、賛成できないから。だからもしこれから先何か嫌なことがあっても、その記憶を消して何ごともなかったように前へ進もうとは、思わないんです」

要が、意図的にかどうかはわからないが、ふっと視線をそらした。

気づく様子もなく、操はにこりと笑って言う。

「だから。記憶屋が実在するかどうかはわかりませんけど、もし実在したとしても……私のは多分、記憶屋じゃないですよ」

そうですかとしか、言えない。要の前ではなおさら。

話は終わりだという意味も込めて遼一が礼を言うと、操はいいえと曇りのない笑顔で応《こた》えた。

「要くんと少し話したいので、申し訳ないんですが、待っていていただけますか」

「はい。……じゃああたし、上にいるね」

最後の一言は要に向けて、遼一にもぺこりと頭を下げてから、操はリビングのガラスドアを開けて出て行く。

足音が遠ざかり、完全に彼女が声の届かない距離まで離れたと確認してから、遼一は要に向き直った。

「……ありがとう」

「いえ……」

彼女の言葉は、彼には辛かったはずだ。しかし要は首を横に振った。

「もう少しだけ、いいかな。……彼女に関する話は、もうしないから」

「かまいません」

「俺の他にも、彼女を訪ねてきた人がいた？　雑誌のライターが来たって、さっき言っていたけど」

あぁ、と、要は息をついてソファにもたれながら頷《うなず》く。

「追い返しましたけど。……帰ってくださいって言ったきり無視してたんで、顔とかはよく覚えてないんです。女の人で……しばらく家の前うろついてたみたいですけど、気づいたらいませんでした」

いつのことかと尋ねると、二日前という答えが返ってきた。十中八九、イコだろう。遼一にメールをよこしてから、すぐにイコは操に会いに来たということになる。そのことについてイコから連絡はなかったが、結局操には会えず情報を得られなかったから、報告するのをためらったのだろう。彼女のことだから、あきらめたわけではなく、実際に接触できてから連絡してくるつもりだったのかもしれない。

「心当たりがあるから、彼女にはもう近づかないように言っておくよ。俺の言うことを聞き入れてくれるかはわからないけど」

「お願いします」

「……確認したいのは、記憶屋のことなんだ」

要は遼一の目を見て、ゆっくりと頷いた。感情を入れずに済む分、操の一件についてより記憶屋の具体的な情報についての方が、要にとっても話しやすいはずだ。

「記憶屋と話した人、それを覚えている人はほとんどいない。どんなことでもいいから教えてくれないか」

「……よく覚えていないんです。でも、女の人だったような……気がします。顔も思い出せないのに、何でそう思うのかわからないんですけど」

彼も記憶を消されたということだろう。話の中に出てきた彼の叔父《おじ》についても聞いてみたが、同様に、記憶屋の外見については何も覚えていないという。

しかし、おぼろげな記憶とはいえ、「多分女だった」というのは意外な新情報だった。

「俺の印象では、記憶屋は男……ってイメージが強かったんだけどな……」

呟《つぶや》くと、要が顔をあげる。どうしてですかと訊かれ、言葉に詰まった。

考えてみれば、はっきりとした根拠は何もない。男のような気がすると、勝手に思い込んでいただけかもしれない。

夢で見たシーンを、真希の記憶が消されたときの映像ではないかと漠然と思っていたが、そうと信じる根拠はない。高原が調べてくれた五十年前の事件で灰色のコートの男が目撃されたと聞き、すっかりそういうイメージを抱いていたが、考えてみれば、その男が記憶屋だったという証拠もないのだ。

「僕の記憶も確実だとは言えませんよ。なんとなくそうだった気がする、というだけで、顔が思い出せるわけではないので」

「いや、でも実際に記憶屋と会って話した人の意見は貴重だよ。これまで、目撃情報はほとんどなくて……」

記憶屋の特性を考えれば無理もないんだけど、と言いかけて、一つの可能性に思い当たる。

「記憶屋に記憶を操作されてる、とか……そういう可能性はないかな」

記憶屋が記憶を消すだけでなく、人の記憶を操作する力まで持っているという話は聞いたことがない。しかし、ないとも言い切れない。

「僕がですか?」

「……俺の方かもしれない」

どちらにせよ、記憶が操作されている可能性があるなら、記憶屋の外見に関する情報はいくら集めても意味がないということになる。女と決めつけるのもよくないが、記憶屋は男だという先入観は捨てた方がよさそうだ。

「そうじゃなければ、……記憶屋は一人じゃないとか」

要が呟いた一言に、頭を抱えたくなった。きりがない。記憶を消せるという時点で十分でたらめな存在なのだ、これ以上何ができてもおかしくないが、考えれば考えるほど様々な可能性が浮かんできて、これでは対処のしようがない。確かな情報が何もないというのが致命的だった。

「……とりあえず、俺が捜している記憶屋は、君達の前に現れた記憶屋と同一だと仮定して……でも、そうしても、やっぱり腑《ふ》に落ちない点はあるんだよな」

もう全部話してしまっている要相手に隠す必要はないので、まとまらない考えを口に出しながら考える。誰かに話し、確認しながらの方が、情報が整理され考えもまとまる。

「記憶屋は、誰かと接触しても、その相手の、自分に関する記憶を消すそうだ。事実、俺には記憶屋に関する記憶は全く残っていない。完璧《かんぺき》に消えている。でも、君には、おぼろげでも記憶屋に関する記憶が残っている……」

「……記憶を消す能力にムラがあるんじゃないですか」

「そうかもしれない。……もしくは、意識的に君の場合だけ緩めたか、俺の場合だけ強めたか……」

「どうしてそう思うんですか」

「俺が、記憶屋について調べていたから、警戒したのかもしれない」

なかなかありそうな仮説だ。

都市伝説として語り継がれるためには、ある程度の噂の種は残しておいた方がいい。

そのため、自分に直接つながるような記憶だけ消して、記憶屋の存在をほのめかすような情報を消さずにおくのは不合理な行動ではない。

遼一が記憶屋との接触を完全に忘れているのは、ただランダムに記憶を残す相手と残さない相手を選んだ結果なのか、それとも、記憶屋を調べている遼一を危険だと思ったのか。後者だとしたら――その可能性が高いが――記憶屋は遼一を覚えているだろうから、あまり派手に動くのは危険かもしれない。

今度また記憶屋について調べていることが記憶屋本人に知られたら、記憶の一部を消されるだけでは済まないのではないか。そう、恐怖を感じないわけではなかったが、それでも、調べることをやめようとは思わなかった。

記憶屋にたどり着くまで、進まなければならない。たどり着いて、そして、向き合わなければならない。

好奇心や、記憶を消されたことに対する怒りだけではない、自分でもはっきりとはわからない、使命感のようなものに突き動かされていた。

後戻りはできない気がしていた。

＊

家へ帰ると、母親がにやにやしながら待っていた。

「真希ちゃん拗《す》ねてるわよ。あんた最近忙しそうで相手してくれないって」

「……ていうか何真希に留守番させてんだよ」

「年上の彼女が、会いに来てたみたいだし。今日は違う子と会ってたんですって？　若いからってほどほどにしときなさいよ」

「……彼女？」

「家の前の道をうろうろしてるのが窓から見えたから、見かけない人ねって真希ちゃんに言ったらあんたの彼女だって教えてくれたのよ。あんたもやるじゃない」

数秒の間があって、一人該当する人物に思い当たった。しかし、会う約束をした覚えはないし、住所も教えていないはずだ。

そういえば、帰り道で、それらしい後姿を見かけた気がするが、はっきりとしない。メールではなく直接話したいことでもできたのか。何か情報をつかんだのか。佐々操の住所をいとも簡単に割り出したイコのことだ、遼一の住所を調べて何か伝えに来たのかもしれない。

（……だとしても、事前連絡もなしに……ってのは妙だけど）

母親たちが見かけたのがイコだと決まったわけではない。が、もしイコだとしたら、何か決定的な情報を摑《つか》んで遼一に会いに来たのかもしれない。もしくは、彼女は彼女で記憶屋に興味を持っているようだから、独自に調べていてこの近所を歩いていたのか。

この辺り一帯はどうやら記憶屋の噂の中心地であり発信地であるらしいから、その可能性も十分にある。情報を提供してもらえるなら有難いが、記憶屋を調べているイコを真希に接触させることは好ましくなかった。彼女が幼い頃に記憶を消されたことがあると知ったら、イコは真希に興味を持つだろう。真希のことは誰にも話していないから、気づかれてはいないだろうが……。

考えながら二階へあがると、真希がふてくされた顔で膝《ひざ》を抱えていた。

「……まだいたのか、おまえ」

「遼ちゃんが女連れ込めないように見張ってたの」

じとっと恨みがましいような目で見上げてくる。

「さっき、こないだの彼女が来てたよ。留守だって言ったらしばらくうろうろしていなくなっちゃったけど」

「おまえが応対したのか？」

「留守番だもん。追い払ったわけじゃないよ」

「何も言ってなかったか？」

「別に」

「何拗ねてんだ」

「拗ねてないよ」

明らかに拗ねている。その様子が小さい子どものようで、昔を思い出して少し微笑ましいような気になった。

いつも通り真希の前を通りすぎてデスクチェアを引くと、真希がぼそりと呟く。

「……今日は別の女と会ってますって言ってやればよかった」

「ていうか彼女じゃねえし」

「どっちが？」

「どっちも」

真希はやっと顔をあげた。じゃあ何よ、と言いたげに遼一を見る。

一瞬迷ったが、何もかも隠しすぎては、後で一部だけでも知られた場合にごまかしにくくなると判断して口を開いた。

「……学校の課題で、記憶屋について調べてるって言っただろ。今回もそれ。記憶屋絡みかもしれない事件の関係者に会ってたんだよ」

「え、だって記憶屋って都市伝説でしょ？」

「都市伝説には元になった事件があることがあるんだよ。尾ひれがついて怪談みたいになるけど、実際にあった犯罪がモチーフになった例もある」

「都市伝説は出所がわからないものだって、前言ってたじゃない」

よく覚えている。確か真希には、噂の伝達過程を研究していると説明したのだった。

それを思い出し、平静を装って頷《うなず》く。

「基本的にはな。だから、もしかしたらここが出所かもしれない、みたいな情報が入ることは珍しいんだ」

「それが、記憶屋絡みっぽい事件の情報？」

「……まぁ。そこが噂の発信源だとわかれば、そこからどういう経緯で、どういう風に変化しながら噂が広がっていったのかを調べられるだろ」

「それで、どういう事件だったの？」

すっかり機嫌は直ったらしい、真希は床に手をついて身を乗り出すようにして訊いてくる。仕方がないので、要や操の個人情報は伏せ、かいつまんで話してやった。ただ、記憶屋と接触したという要の証言は省く。

「彼女が記憶をなくしたことの原因が、何だったのかは結局わからない。ただ、彼女は幼馴染《おさななじみ》に告白してふられた後から、彼のことだけを完全に忘れてしまっている、という客観的な事実があるだけだ」

「ふうん……」

すごいと騒ぐか、信じないか、真希の反応はどちらかだろうと思った。が、予想は外れた。

「おんなじだね」

ぽつりと、真希はそんなことを言った。

「幼なじみ。私と、遼ちゃんみたい」

「…………」

同級生で、彼女が彼にとって唯一心を開いた友人だったという点は異なる。彼女が彼に恋愛感情を抱いたことも、決定的に異なる。しかし、家族のようにそばにいた相手と、それまで通りでいられなくなることへの不安や後悔は、想像できた。

そうだな、と遼一が言うと、真希は膝を抱えた格好で遼一を見上げた。

「……私は、わかるな。その子の気持ち」

「正しいと思うか？……仮にだけど、彼女の記憶を消したのが記憶屋だとしたら」

「正しいとか、そんなこと聞かれてもわかんないよ。でも……記憶屋を探して記憶を消してもらった人は、自分でそれを選んだんだから、記憶屋に感謝してるんじゃないの？」

操と同じことを言う。しかし操は、自分なら記憶屋に依頼なんてしないと、笑って言ったのだ。そういうのは好きじゃない、と、何も知らずに。彼女だって、客観的に正しいことではないとは思っていたはずなのだ。

「後悔しようがないからだ。忘れてるんだから」

斜め下からまっすぐに向けられてくる真希の視線を受け止める。

「でもいつか後悔したとしても、それはその人が選んだ結果じゃない」

「……そうだな」

しかし、後悔するもしないも、そもそも記憶があってのことだ。自分の選んだ道が、正しかったのか間違っていたのかは、その人が決めることで——振り返って、判断して、未来につなげるものであるべきだった。

「だからこそ、記憶を消すなんてことが、できてしまうことが問題なんだって、俺は思う。記憶をなくすってことは、後悔するチャンスさえ与えられないってことだろ？」

記憶を消すことは、その人のこれまでもこれからも、奪ってしまうことだ。

じっと聞いていた真希は、ゆっくりと考えるように視線を床へ移した。膝を抱え、少しの間、遼一の言ったことを反芻《はんすう》している様子だった。

「あんまり考えたことなかったけど……そっか、そういう考え方もあるんだね」

何熱くなってんの、と笑い飛ばされても仕方ないと思っていたのに、意外な反応だ。

「でも、私だったら……消せるものなら、消して欲しいかな。ふられて辛《つら》いからじゃなくて、……ふられても、好きな人とは、一緒にいたいから。好きな人と、一緒にいられなくなるのは嫌だから」

膝を抱えて下を向いたまま、小さな声で真希が言った。

それは、もしも自分だったらという想像の話なのか、それとも、実際に、真希にもそんな風に思うことがあるのか。訊《き》けるはずもない。けれど妙に、気になった。

もしも真希が、消したい記憶を抱えたとしたら、もしくは、今抱えているのだとしたら、と。

その晩、真希が帰ってから、イコとDDへメールを書いた。協力してもらった以上、操に会ったことを報告しないわけにはいかない。

操に会ったが、彼女は記憶屋のことを全く覚えていないばかりかその存在を信じてさえいない様子だったこと、彼女から得られる情報はなさそうだということ。彼女の身内に会って話をし、もう会いに行かないと約束したこと、彼女が記憶屋に接触したかもしれないことは、他言しないでほしいということ……「彼女のことはそっとしておくべきだと思う」と、遼一自身の意見も添える。ただ、要に記憶屋に関する記憶がおぼろげながら残っていたことについては伏せた。それを書いてしまえば、イコは間違いなく要に会いに行こうとするだろう。

「何人かと、記憶屋の是非について話す機会がありました。記憶屋は依頼者のニーズに応《こた》えているだけで、記憶を消す行為の是非は依頼者の考え方の問題なのではないかとか、むしろ依頼者にとっては記憶屋は恩人だとか、色々と考えさせられる意見を聞きました」

要、操、真希。それぞれの言葉を思い出しながら、キィを叩《たた》く。

「でも俺はやっぱり、記憶屋を肯定することはできません。いろいろ考えたけど、結論は変わりませんでした」

改行。RYO、と名前を入れる。

少し考え、イコ宛《あて》のメールにだけ、つけ加えた。

「追伸。今日、○○町にいました？」

送信。

電源を落として、立ち上がる。

そういえば今日は、一日中記憶屋のことばかり考えていた気がする。伸びをして、まとわりつく思考を振り払った。

その日はもうチャットも掲示板も覗《のぞ》かずに、眠ることにした。

イコからもＤＤからも、メールの返事は来なかった。

4th. Episode：ファースト・アンド・ラスト・コンタクト

大学の食堂で、友人たちといる杏子を見かけた。

ずいぶんと久しぶりだ。髪型が少し変わっていた。

新しい髪型はよく似合っている。見ていると杏子がこちらを向いて、目が合いかけたが、彼女の視線は遼一を通り過ぎた。

その瞬間胸に湧いた感情には、以前ほどの強さはない。

けれど、痛みが薄れたからと言って、なかったことにして忘れるわけにはいかなかった。


佐々操の一件があって以降、記憶屋が現れたという具体的な話は聞かない。少なくとも、遼一の耳には入って来なかった。

しかし、記憶屋の噂は、今まで以上に女子高生たちの間で流行しているようだ。

掲示板への書き込みも増えた。高原のような情報源がない今、記憶屋に直接つながりそうな話はそうそう転がっていなかったが、その代わり、噂の域を出ない抽象的な情報なら、溢《あふ》れかえるほど入ってくる。

頼まなくても情報量だけは増える一方なので、最近遼一は書き込みやチャットでの会話に参加することはなく、眺める専門になっていた。

以前からの常連組の書き込みも随分と減った。DDはともかく、自称本格派のイノキチやイコあたりは、ミーハーなノリの書き込みばかりの現状に辟易《へきえき》しているのかもしれない。一連のブームが収まるまで、待とうと思っているのだろう。

手詰まりの状態だった。新しい情報なしには、動きようもない。

新しくたてられた記憶屋関連情報、というスレッドをざっと流し見る。

「S女の子が、記憶屋に会ったってウワサ」

「記憶屋の携帯ナンバー入手してかけてみたけどつながらなかった～」

「携帯説はガセだよ～一番可能性高いのは駅の伝言板と緑のベンチ！」

「地元（T町）の駅の伝言板に、記憶屋への連絡待ちのメッセージがありました！　画像貼っときますね」

どれもたわいもない書き込みばかりだ。しかし、噂の中に真実のかけらが紛れていることもある。

記憶屋への接触の方法としてよく言われているのは、まず第一に、「求めている者の前に現れる」というもの。これは事実だろう。インターネット上などで記憶屋を探していることをアピールしておくと、会える可能性が高まる、というのも、それを考えると意味のある噂だと言える。

駅の伝言板にメッセージを残しておくと記憶屋から連絡がある、というのも、確率は低いだろうが、運がよければ実際に記憶屋の目に留まるかもしれないわけだから、試す価値くらいはあるかもしれない。

緑色のベンチで待っていると記憶屋が現れる、というのも、かなり前から根強くある噂の一つだ。緑色のベンチなんていくらでもある。そのどれが記憶屋の目に留まるかというと、これも宝くじに当選するくらい低い確率だが、もともと記憶屋を探しているのは藁《わら》にも縋《すが》る心境の人間ばかりだ。比較的簡単な手段ばかりなので、試してみる人間は後を絶たないようだった。

しかし、試してみたという書き込みはどんどん増えていくのに、それで実際に記憶屋に接触できたという書き込みが一つもないのが、成功率の低さを示しているようで、遼一がそれらの接触方法を試してみたことはなかった。

（……そういえばここのベンチも緑だ）

近所のコンビニへ行った帰り、ついでに散歩して帰ろうと、少し遠回りした。普段はあまり通らない、細い道沿いにある公園を何気なく覗いてみる。

広い割に、遊具はすべり台と鉄棒だけしかなく、あまり子どもが集まりそうな公園ではない。植え込みが茂っていて、外側から見通しがあまりよくないのが、近所の主婦達の間で問題視されていたはずだ。今も、犬の散歩中らしい初老の男性が一人、木の下にあるベンチでぼんやりと寛《くつろ》いでいるだけだった。

今まで気にもとめなかったが、滑り台もベンチも、くすんだ深緑のペンキで塗られている。

つい足を止めて見ていると、男性がベンチから立ち上がり、犬のリードを引いて歩き出した。入れ違いに制服を着た少女が反対側の入り口から公園に入ってきて、男性とすれ違う。

少女がベンチの前で止まったので、どきりとした。

視線に気づいたのか、少女がこちらを振り返る。目が合いそうになって、慌てて踵《きびす》を返した。

どきどきと、心臓が鳴っている。歩くうちにそれは収まったが、何故なのかはわからなかった。

今の少女は、記憶屋を待つために あの公園へ来たのだろうか？

それ以来、今までよく使っていた広い車道に面した通りではなく、公園の見える方の道を通るようになった。そして通りかかる度に、公園を覗くようになった。

公園のベンチで、中高生の少女をよく見かける。気にしているからかもしれないが、誰も彼もが記憶屋を待っているように思えた。真希と同じ学校の制服を着た少女がいることもあった。

緑色のベンチで待てば記憶屋が来るというのが、どの程度信用できる情報なのかは知らない。しかしこれだけ連日女子高生を見かけるということは、それだけ噂が彼女達の間に浸透しているということだ。もともとはただの噂でも、記憶屋を求める人間が多く集まる場所だと知れば、記憶屋が本当に現れないとは限らない。

公園の入り口で立ち止まる。

ベンチから立ち上がって歩き出した少女が、突っ立ったままの遼一の視線に気づいたらしく、すれ違う寸前で目をそらした。

「……すみません」

声をかけると、びくりとして、けれど一応足は止めて遼一を見る。

「……はい？」

「そこのベンチに、座ってましたよね。誰か待ってたんですか」

「別に、そういうわけじゃ……」

「俺、記憶屋のことを調べているんですけど」

少女の顔色が変わった。居心地悪そうにうつむき、赤い顔で、「関係ないじゃないですか」と呟《つぶや》く。責めるつもりも笑うつもりもないのだが、警戒されたようだ。今すぐに話を聞かなければならない状況でもないので、足早に通りすぎる彼女を黙って見送る。

これまで何度か、女子高生がベンチのそばにいるのを見かけたが、彼女たちの待ち人が現れるのを見たことはなかった。噂は噂だ。本物の記憶屋が、都市伝説のセオリー通りに動くとは限らない。

仮に緑色のベンチの噂が本物だとしても、この町のこの公園のこのベンチに、記憶屋が現れる確率を考えれば――案じるようなことではない、はずなのに。

胸騒ぎがした。

公園を覗《のぞ》くのが癖になって、一週間ほどたった頃だった。

いつものように目をやったベンチに、見慣れた制服の少女。すっかり見慣れた光景だった、が、今日は一つだけ違っていた。気づいてしまった。どきりとして足を止める。

(真希)

ベンチに座っていたのは、真希だった。

初めてこのベンチに女子高生が座っているのを見たときのように――そのとき以上に、心臓が早く鳴り始めた。

偶然かもしれない、真希にとってもここは近所の公園なのだから、ただ下校途中に何気なく寄って、ベンチがあったから座ってみただけかもしれない。そう思おうとするのに、何故か怖くなって目を逸《そ》らした。

誰かと待ち合わせでもしているのかと、声をかければはっきりすることなのに、それができなかった。

真希に背を向けて歩き出す。早足で歩きながら、左手で上着の首元をぎゅっとつかんだ。

*

メールの返事が全然来ない。イコからも、DDからも。

チャットに行っても、二人の名前を見つけることはできなかった。

自分のように、入室せずに眺めているだけなのかもしれないと、一度だけ入室してみたが、「RYO」の名前を見つけたサイト管理人のドクターが入室してきただけだった。

二人のことを聞いてみたが、ドクターも何も知らないらしい。

ドクター:『最近来てないですね、ROMってる様子もないですし。今記憶屋スレッド騒がしいから、収まるまで待つつもりじゃないですか』

イコは、確かにそういうタイプかもしれない。しかしDDは、どちらかというと一緒に祭に乗っかって騒いだり、流行より一足先に記憶屋関連の情報を追っていたことを自慢にし、チャットやスレッドで先輩風を吹かせたりしそうに思えた。メールの返事が来ないのもおかしい。そもそもメールを読んでいるのかすらわからない。

イコもDDも、メールアドレスはフリーメールのもので、送信者名も「ICO」「D

D」となっている。この手のフリーメールは、放置しておけば一ヶ月かそこらで消えてしまうから、もしそうなってしまったら、連絡をとるすべさえなくなるだろう。

オフ会をしたときに、携帯の番号くらい聞いておけばよかったと今更後悔した。

まさかとは思うが、もしかしたらという思いもあった。

たとえば、……たとえば、イコもDDも、……そんな名前でチャットに参加していたことさえ、忘れているとしたら。専用のフリーメールのアドレスや、パスワードも忘れていて、遼一からのメールも見ていないのだとしたら。

——遼一のことも、記憶屋のことも、忘れているとしたら？

（……考えすぎだ）

首を振る。

仮定の話だ。二人が記憶屋に興味を持っていたことはチャットルームやスレッドを覗けば簡単にわかるが、それらはすべて、匿名性のあるネット上でのやりとりだ。オフラインでの接触方法がわからないのは、遼一だけでなく記憶屋も同じだろう。二人の顔や本名や住所まで突き止めて、記憶を消すなんてことができるのか？

思い過ごしだ、と思いたかった。イコかDDから短いメールが一通届けば、それで安心できるのに。

（——ネット上での接触ができないなら、直接会いに行くしかない）

思いついて立ち上がる。

イコとの接触方法はわからないが、DDは――佐々操が通っていたというK大学病院の花屋で、バイトしていると言っていた。オフ会の時点では、現役で働いていたはずだ。今も辞めていなければ、きっとそこで会える。

ジャケットをとって、そのまま部屋を出た。

電車に乗って隣りの駅で降り、駅前からバスに乗って二十分。病院の前にあるバス停で降りて、逸《はや》る気持ちを抑え深呼吸する。ゆっくりと近づいていくと、病院の入り口付近にガラス張りの小屋のような花屋が見えた。まだ営業中だ。

ベージュのエプロンをつけた若い男が、チューリップを束ねている。病院の花屋にはどうかと思うほど明るい髪の色に、見覚えがあった。

(DD)

顔を確認して、まず、安心する。それから少し動悸《どうき》がしたが、もう一度深く息を吸って整えた。

「……どうも」

声をかけると、ハサミでチューリップの茎を切ろうとしていたDDは顔をあげ、愛想よくいらっしゃいませ、と言った。

「お見舞い用ですか？」

「いえ、……あの、俺、ＲＹＯです。覚えて……ますか」

「はい？」

花屋のロゴの入ったエプロンのすそで、手を拭《ふ》くような仕草をして、ＤＤは姿勢を正す。なぜか、また、鼓動が早くなった。……たった一度オフ会で会っただけなのだから、顔を忘れていても、おかしくはない。おかしくは、ない。

自分に言い聞かせるようにそう思いながら、「この間、オフ会で」と付け足す。ＤＤは首をひねった。

「サークルの？　じゃないよな？」

「都市伝説チャットとか、の」

「都市伝説？」

動悸が、……収まらない。

少しずつ、不安と恐怖が湧いて足先から染みていくようだった。

「あー、なんかそういえば履歴にあるんだよな都市伝説のなんとかってサイト。でも俺覚えないし、多分弟が勝手に俺のパソコン使ってたんだよ」

どく、とまた、大きく鳴った。

「だから、なんか……よくわかんないけど、俺と弟間違えてるんじゃないですかね。ていうか弟が俺のフリしてたのかも！　ここでバイトしてることまで言ってました？　その、チャットで？」

笑顔のＤＤに、言葉を返せない。右手の指をぎゅっと握って、それで、指先が冷えきっていることに気づいた。指だけでなく、心臓まで冷えたように、震えがきた。

落ち着け、考えるな。今は考えるな。考えたら恐怖で動けなくなる。

「……すみませんでした、あの、最後に……一つ、いいですか」

叫び出したいくらい怖いのに、声だけは何故か冷静だった。

なんですかと応《こた》えてくるＤＤに、

「記憶屋って、知ってますか」

最後の質問をする。かすかな希望と、強い予感を抱いて。

「記憶屋？」

映画か何か？　わかんないな、すみません。と、ＤＤは言った。

遼一は彼の本名を知らない。そして彼はもう、「ＤＤ」ではなかった。

＊

記憶を消された人間を見たのは初めてではない。忘れられたのも、これで三度目。それでも、衝撃は強かった。

自分を知っていたはずの相手が、きょとんとして、知らない人を見る目で自分を見る。ぞっとする。

間違いない、ＤＤは、記憶を消されたのだ。もしかしたら、いや、おそらくイコも。確かめたいが、ネット上のつながりが切れてしまえば見つけるすべもない。どこかで偶然会ったとしても、彼女は自分を覚えていないだろう。

真希や母親が、家の近くでイコを見かけたと言っていた。彼女のことだから、何かを探っていたのだろう、それが記憶屋の目についたのかもしれない。

最初は杏子、それから、高原のところにいた、あの安藤という少女に、ＤＤ。イコも入れたらこれで四人、……いや、幼い頃の真希を最初とするならば、五人目。自分の知っている人間ばかりが、記憶をなくしている。

偶然であるはずがない。不自然すぎる。

まるで遼一を追い込み、警告をするかのように、記憶屋は、一歩ずつ距離を縮めてきていた。

もはや疑いようもない、遼一が記憶屋について調べていることに、記憶屋は気づいている。

(いつから？　どうして気づいた)

記憶屋について調べていることなど、高原やイコたちくらいにしか教えていない。サイトへの書き込みやチャットの内容を、監視されていた可能性はあった。記憶屋が、自分についての記事をのせている都市伝説サイトに出入りしていたとしても不思議はない。

チャットのログから、オフ会を開催することくらいは知られてもおかしくないが、開催を決めてからは参加メンバーと個別にメールでやりとりをしたから、いつどこで待ち合わせをするかや、参加者の素性まで知ることはできないはずだった。まして、遼一の行動や人間関係までわかるはずがないのに。

（どこからバレた？　オフ会の参加メンバーが、誰かに話したのか？）

誰か一人の素性がわかれば、後は芋蔓式《いもづるしき》にたどれる。互いのメールアドレスを登録しているし、オフ会の日程がわかれば、後をつけていけばいい。もしかしたらあの日、記憶屋は近くに潜んで話を聞いていたのかもしれない。しかし、誰かにオフ会のことを話したか、と確かめようにも、もう、ＤＤにもイコにも、その記憶すら残っていないだろう。

人の記憶を消せる怪人が、自分の行動を監視している。いつでも手の届くところにいる。

それを実感して、ぞっとした。

けれど、今退けばそれで終わるのか、これまでのことを見なかったことにして記憶屋を追うことをやめれば、もうこれ以上、何も起こらないのか。そんな保証はどこにもない。

むしろそれだけ、自分は真実に近づきつつあるということではないか。記憶屋が止めようとするほど、危険を感じるほど、近くに――到達されては困ると、記憶屋が思っている真実に。

退いたところで、恐怖も不安も消えることはないのだ。一度関わってしまった以上。

それなら、もう、進むしかない。

おそれるなと、自分に言い聞かせながら歩く。公園の前にさしかかり、緑色のはげかけたベンチを見ると、今日は誰も座っていなかった。その代わり、公園を突っ切ってこちらへ歩いてくる制服姿の少女と目が合う。

あ、と思った。

以前、ベンチに座っているのを見かけた。声をかけると、逃げるように行ってしまった、あの少女だった。今日も、記憶屋を待っていたのだろうか？

「……あの」

すれ違いざまに振り向いて、声をかけていた。

少女は立ち止まり、「はい？」と振り返った。

「すみません、……この間も、お会いしましたよね」

また迷惑がられることを覚悟の上で言うと、不審げに眉《まゆ》をよせられる。

「そう……ですか？」

「あの時は失礼しました。……記憶屋を待っていたんですかって、声をかけたんですけど。覚えてませんか」

「記憶屋？」

少女は首をひねり、

「記憶屋……って、最近流行《はや》ってる、あれですか？」

変なことを訊《き》くな、と言わんばかりの表情をした。

それでもう。

（まただ）

すっと背中が冷える感覚、それも初めてではなかった。

もう、続く言葉はわかっていた。

「人違いじゃないですか？　私、そういうのあまり興味なくて」

失礼します、とそのまま歩いて行ってしまう彼女に、もう声をかけることもできない。

しばらくの間立ち尽くし、恐怖に呑《の》まれないよう、呼吸を整える。

おそれるな、おそれては動けなくなる。

何度も繰り返して。

ゆっくりと顔をあげる。

誰もいない公園を見る。緑色のはげかけたベンチを見る。

公園を隔てた向こう側の通りを、誰かが通りすぎる。ふとこちらを向いた顔が、見知ったものだった。

「真希……」

呟《つぶや》くのとほぼ同時に、真希の方も気づいたらしく、ぱっと笑顔になる。

「遼ちゃん！」

反対側の入り口から公園に入り、元気よく手を振ってくる真希の姿に、また、湧き上がったのは恐怖と危機感だった。

周りの人間の記憶が消えていくのが、自分への牽制《けんせい》なのだとしたら。

(次に誰が危険かなんて)

駆け寄ってきた真希は跳ねるような足取りで、消したい記憶を抱えているようには見えない。緑色のベンチに座っていたのを見かけた、あれは記憶屋を待っていたのではないのかもしれない。ただの偶然で、自分が早とちりしただけだと思いたい。けれどももしも真希が記憶屋に会いたがっているとしたら、きっと、会えてしまう。

自分が止めなければ。

「今帰りなの？　一緒に帰ろ！」

腕をとられて、引っぱられるままに一緒に歩き出しながら、笑顔の真希を斜め上から見下ろす。

おそれるな。

＊

十年前。遼一宅の斜め向かいに建つ真希の家は改築中で、真希は両親と一緒に、父方の祖父母の家に住んでいた。

改装が終わったら、母方の祖父母が新しい家に同居することになっていて、彼らは工事が終わるまでの間、近所にアパートを借りていた。真希はその日、祖父母のアパートに顔を出し、工事途中の新しい家を見に来た後、遼一の家で昼食を食べ、遼一は祖父母宅へ帰る真希を送っていった。今でも覚えている。

真希の母親は遼一の母親の学生時代からの親友で、昔から家族同然のつきあいがあったので、遼一もその頃から、よく真希の面倒を見ていたのだ。

小学生だった遼一は、出迎えてくれた真希の祖母に挨拶《あいさつ》をして、帰ったことを知らせるため、真希と二人、真希の母親がいるはずの二階へあがって、

それで、

そこで。

彼らが、話しているのを聞いた。

「ごめんなさい。もう、二度と二人で会ったりしないから」

「お願い、真希には……」

聞いてしまった。

もう十年も前のことだ。

強烈だったために鮮やかだった記憶も、さすがに色褪《あ》せてぼやけつつあった。

けれどあの時の、泣きそうに歪《ゆが》んだ真希の顔だけは、今も忘れられない。

真希のあんな顔を見たのは、あれが最初で、きっと最後だ。

真希にあんな顔をさせた出来事を、真希は、翌日には忘れてしまっていたから。


ペンキのくすんだ緑色から、目をあげる。

座ったときはひんやりと感じたベンチも、体温ですっかり温まっていた。

自意識過剰だろうが、時々、通りの向こうを通り過ぎていく女子高生たちが、こちらを見ているように思えて居心地が悪かった。

ここで待てば、記憶屋に会えるという保証はない。しかし、少なくとも、自分がここに座っている限りは、このベンチで他の誰かが記憶屋に出会うこともない。

記憶屋は自分の近くにいると、確信していた。

過去に記憶を消しているのだから、記憶屋は遼一のことを知っていることになる。イコやDDの記憶が消されたということは、遼一が今も——一度記憶を消されてからも、記憶屋について調べているということも、知られているだろう。

(でも俺には直接接触して来ない)

理由がわからない。

記憶屋の正体にたどり着きそうだと、遼一の存在に危機感を覚えているのなら、さっさと記憶を消せばいい。それとも何か、手を出しにくい理由があるのか。

(もしかして、俺の知ってる人間……?)

ふとした思いつきだったが、これまで考えなかったのが不思議なくらい、ありそうな話だった。

記憶屋の噂の発信地がこの付近であることを考えれば、正体を隠した記憶屋と遼一が、知らないうちに交流を持っていたとしてもおかしくない。そうでなくても、遼一が自分のことを調べていると知って、監視するために近づいた記憶屋が、記憶を消す機会をうかがっているとか——まだ自分の正体に気づきそうにはないと見て、見逃してくれているのかもしれない。名前も知らない相手と比べて、顔見知りの記憶は消しにくいだろう。自分の正体につながるリスクの面でも、心情的にも。

(だとしたら、誰だ)

遼一が記憶屋のことを調べていると、知っていた人間。

遼一は、記憶屋について知りたいと、近所中に触れまわったわけではない。しかし、遼一が書き込みをしていたのは、都市伝説を扱う中では、一番大きく活発なサイトだった。ネット上の情報なら、誰でも見られる。

(たとえば最初から、記憶屋が仲間のふりをして、チャットに参加していたら)

管理人のドクターや、チャットの常連メンバーにならば、イコやDDが、オフ会のことを話していてもおかしくない。もちろん、オフ会に参加したイコやDDは、一番の容疑者だ。

五十年以上前にも記憶屋の噂はあったということを考えれば、記憶屋は相当高齢ということになる。ネット上では若いふりができても、オフ会で顔を合わせればわかってしまうから、その情報を確定とするならイコとDDは容疑者から外れるが――記憶屋は年齢など関係のない人外の存在なのかもしれないし、五十年前の記憶屋と、遼一の周囲に出没している記憶屋は別人で、最初から複数存在するという可能性もある。

それに、要は、記憶屋は女性だった気がすると言っていた。男か女か、年寄りか若いのか――相手は都市伝説の怪人だ。固定観念は捨てたほうがよさそうだった。しかし、確定でない情報も、ヒントにはなる。

（俺が記憶屋を調べていると知っていて……オフ会のメンバーに接触できて……女性、の可能性が高い）

思い浮かぶ顔があった。

都市伝説サイトをチェックして、記憶屋の正体に興味を持った人間を監視していた。積極的に動いている人間には自分から接触し、オフ会で、協力者の顔をして近づき、個人情報を調べた。

彼女を家の近くで見かけたと、母親や真希が言っていたのを思い出す。

記憶屋の正体に近づきすぎて、記憶を消されたのだろうと思っていたけれど――それを確認できたわけではない。DDには会って確かめたが、あれ以降、イコには会っていないのだ。

(いや、まだわからない。決め打ちは危険だ)

具体的な顔が浮かんでぞっとしたが、思い込みは視野を狭める。

イコ以外にも、容疑者がいないわけではない。ハンドルネームでは年齢も性別もわからないのだ。ほかに、記憶屋に関する情報すべてが当てはまる誰かがいるかもしれない。たとえば、サイトの管理人であるドクターが高齢の女性で、記憶屋だという可能性もある。

警戒しながら、周囲を見回した。このベンチにいた少女が記憶をなくしたということは、この公園も、記憶屋の活動範囲の中にあるということだ。さすがにイコは見かければわかるが、遼一はドクターや、他のチャットの常連メンバーの顔を知らない。道行く人たちの誰が記憶屋でもおかしくないくらいの意識でいなければ。

遼一がベンチにいるのを見たら、記憶屋のほうから近づいてくるかもしれない。記憶屋と対面するのは怖いが、自分の知らないところで、真希と記憶屋が会ってしまったらと思うと、そのほうがもっと怖かった。

遼一がマークされているとすれば、その幼なじみの真希がベンチにいるのを見て、記憶屋が放っておくわけがない。

もしもまた真希に、あの不思議そうな表情で見上げられ「何のこと?」などと言われたら、もう、立ち上がることもできなくなりそうだった。

今朝方見た夢は、もう何度も繰り返し見た、あの断片の夢だった。子どもと、子どもに近づく大人、遠くで鳴るクラクション、薄暗い建物の中。逃げろ、と心の中で叫ぶ自分。

あの子どもは、やはり真希なのかもしれない。

真希に危険が迫っていることを、夢が告げているのかもしれない。……ただ単に、記憶屋と正面から向き合うことを決意した翌日の夢だから、自分のおそれが夢に現れただけかもしれないが。

普通に考えれば後者だろう。しかし、あの夢は脳が作り出した映像ではなく、実際に起こったことの記憶ではないかとさえ、遼一は思い始めていた。

何でもかんでも、記憶屋の関与を疑うようになってしまっている自分に気づいて、ため息をつく。しかし、きっと、疑いすぎるくらいがちょうどいい。戦うつもりならば、徹底しなければ。

真希はもう、あの頃のような小さな子どもではない。記憶屋を待っているのだとしたら、それは彼女自身の意思だろう。

遼一のしていることは、真希にしてみればおせっかい以外の何物でもないかもしれない。それでも、彼女の記憶を消させたくはなかった。

真希よりも前に、記憶屋に接触する。そう覚悟を決め、遼一はこのベンチで待つことにした。

信じたくはないが、遼一は少なくとも一度、記憶屋に会っているらしい。記憶を消され、覚えていないだけで。

しかし遼一が覚えている限りでは、これからが最初の接触だ。そしてきっと、それが最後になる。

ジーンズの上で拳《こぶし》を握った。考え始めると、怖くて仕方がなくなる瞬間がある。その波が押し寄せる前に思考を逸《そ》らし、自分に言い聞かせるように、逃げるな、おそれるなと繰り返していた。

逃げられない理由だけ、何度も思い返して。

(遼ちゃん？)

記憶をなくして、愕然《がくぜん》とする自分を見あげてきた、小さな真希。その記憶を消したのは、杏子やイコやＤＤや、ここで会った少女の記憶を消したのと同じ記憶屋なのだろうか。

「遼ちゃん？」

記憶の中の幼い声と、さほど変わらない、高い声で呼ばれ顔を上げた。

制服のままの真希が、立っていた。

＊

「どうしたの？　珍しいね、こんなとこにいるの」

学校帰りなのだろう、片手に鞄《かばん》を持って、もう片方の手で寒そうにコートの前を合わせて、真希はベンチに座った遼一を、不思議そうに見ている。

そうか、記憶屋より先に、真希に会う可能性もあったのだ。

座ったままでぼんやりと見上げ、

「……待ってたんだよ」

そう答えた。

「誰を？」

「わかんねえけど」

「何それ……」

真希は、困惑した様子で遼一を見た。いつもの遼一らしくない、と思っているのかもしれない。

「……よくわかんないけど、誰か待ってるなら、あたしは帰った方がいいよね」

「……や、おまえのことも、待ってたから」

「あたし？　え、なんで」

遼一が答えずにいると、困った顔で真希はしばらく立っていたが、やがて少し距離をあけて隣りに座った。

学校指定の鞄を膝《ひざ》の上に置き、チャコールグレーのダッフルコートの上からスカートのプリーツを何度も整える。居心地が悪そうだった。いつも一方的に騒いで近寄ってくる真希が、そうしているのがなんだかおかしかった。

遼一が笑ったのに気づいたらしく、真希は「何よ」と口を尖《とが》らせる。

「ここのベンチで待ってると、記憶屋に会えんだって。おまえ知ってた？」

「……ここでっていうか、緑色のベンチで待てば、って噂でしょ。知ってるよ、うちの学校で知らない子の方が少ないくらいだもん」

「おまえ、前、ここにいただろ」

前へ向けていた目線を、ゆっくりと真希へ戻した。

「記憶屋を、待ってたのか？」

この質問は、つまり、消してほしいような記憶があるのかということだった。

真希は黙って、遼一を見ない。

それが、半分答えのようなものだ、と思った。

「何のためにかは、訊《き》かないけど。でもさ、それ、記憶屋に頼むしかないことなのか？記憶を消すって、どういうことかわかってるか？……現実にはあったことなのに、自分の中から消えるって……どういうことか、わかる？　本当になかったことになるわけじゃないんだぞ、でも自分だけそれを覚えてないんだ、それって、すごくすごく、怖かったり。寂しかったり、することじゃないか？」

そう続けようとして、言葉が喉《のど》につかえた。

自分は、自分の記憶がないことに気づいたとき、とても怖かった。自分で体験したことを、他ならぬ自分が覚えていないことにぞっとした。

杏子が自分を忘れたと知ったときもだ。怖かったし、悲しかったし、寂しかった。

自分の記憶が消えたわけでもないのに、喪失感があった。自分という人間の、存在自体が消されてしまったと思った。

それと同時に、記憶を失う前の、自分と知り合った、一緒に過ごした、あの杏子はもうどこにもいないのだと。

自分が何を恐れているのか、いまさらながらにわかった気がした。

「取り返しのつかない、ことだから。……よく考えてほしい、嫌な記憶だけ消して、すっきりしてめでたしめでたしなんて、そんな風には、ならないと思うから」

まだ黙っている真希の顔を、少し覗《のぞ》き込むようにして続ける。

いつも、自分にまとわりついて話しかけてきたのは真希の方だったから、この体勢は珍しい。

自分の言葉が届いているのか、わからない相手に話しかけ続けることにはエネルギーがいる。今まで真希の話をろくに聞いてやらなかったことを少し後悔した。

今からじゃ遅いか？　俺にできることはないのか？　記憶屋にしか、おまえを助けてやれないのか？

言いたいことは山ほどあったが、言っていいことがわからなかった。自分にその資格があるのか、わからない。

「……記憶って、過去にあったことのかけらみたいなもんだろ？　それが積もって、重なって、経験っていうか、そういうのになって、人間を作るんだろ。そのかけら、積もって重なってひとつのかたち作ってるひとかけらがいきなり消えちゃったら、もとのかたちじゃなくなるんじゃないかって、俺は思う。そのひとかけらの上に重なってた他のかけらまで、全部……ばらばらになって、形が変わって」

力ずくで止められるわけもない、最終的に決めるのは真希だとわかっていても、伝えなければならないことがあった。

杏子にできなかったことを、真希にしようとしているだけかもしれない。それでも。

一度息を吸い込んで、吐いて、これから話すことへの覚悟を決めた。

「今ここにいるおまえが、いなくなるなら、俺にだって無関係じゃないんだ」

頑《かたく》なにこちらを見ないままの真希の顔が一瞬、泣きそうに歪《ゆが》んだ。

「……非科学的な都市伝説なんか、信じないんじゃなかったの？」

「……おまえは、信じてるんだろ？」

「………………」

バカにされるとでも思っているのか、この期に及んでも、はっきりとした肯定はない。遼一は視線を、前方の、塗料の剝《は》げかけた鉄棒へと移した。

「……俺は、『信じてる』んじゃない。『知ってる』んだ。記憶屋は存在するって」

遼一の視線を追って鉄棒へと向きかけた真希の目が、はっとしたように遼一へと向く。

「覚えてないと思うけど……おまえもガキの頃、記憶屋に会ってるはずなんだ。昔、家が改築中だったとき、おまえ、河合の方のばあさんのとこに住んでただろ？」

突然何の話だというように、真希は不思議そうな顔をしている。

安心させるように少し笑ってみせてから続けた。

「その日おまえは菅原《すがわら》のじいさんのマンションに寄って、俺の家で飯食って、……俺と一緒に、河合の家に戻った。確か皆で夕飯を食べることになってたけど、……ちょっと色々あって、おまえ泣いちまって、どうしようもなくて、俺は仕方なく、おまえをもう一度菅原のじいさんのとこに連れて行った。……覚えてないか？」

真希は首を横に振った。

「でもおばあちゃんちにいた頃のことって、あたし全体的にあんまり覚えてないから……まだ小さかったし」

「ああ、それは当然のことだけど、……その日のことはさ、そうそう簡単に忘れるようなことじゃないんだよ。現に俺は、今でも結構覚えてる」

「………」

「おまえに話すの、どうしようかと思ったんだけどな。……話していいか？」

「そんなの、話してもらわなきゃ答えられないよ……」

「だな」

苦笑する。真希はまだ不安そうにしている。どんな顔で話せばいいかなんてわからないから、せめて真希が緊張しないで聞けるようにと、表情を和らげた。

真希にしてみればショックな話だ。なるべくさらりと、しかし記憶屋のしたことについては十分理解できる最低限のことは伝えなければならない。

考えて、言葉を選びながら続ける。

「……河合のばあさん家に着いて、二人で二階にあがったら、話し声が聞こえてさ……それがちょっと、ショックな内容だったんだよ。二人ともまだガキだったけど、なんとなく、感じはわかるんだよな……どういう意味かとか、今ほどにはわからなくてもさ。おまえ泣きそうになってるし、とりあえずそこにはいられなくて、そのまま、おまえ連れて家出て。どうしようかって困ってたら、おまえ本格的に泣き出しちゃって」

遼一もまだ子どもで、真希に何を言えばいいのかわからなかった。大人に助けてほしかったけれど、大人に話してはいけないような気がして、途方に暮れていた。

真希は、転んだ時のような泣き方ではなくて、ほとんど声も出さずに、ただしゃくりあげて泣いていて、見ているだけで痛かった。誰か助けてと思った。

真希もきっと、そう思ったのだ。

「帰ろうって説得したけど、聞かなくて。……家が嫌ならせめて俺の家に行こうとか、さんざんなだめて、やっとおまえ、菅原のおじいちゃんのとこに行く、って言ってくれてさ。菅原の方のマンションの前までおまえ送って、……それで、俺は、そのまま帰ったんだけど」

今は後悔している、ちゃんと真希を家の中まで送り届けなかったこと。

真希がいつ記憶屋に会ったのかはわからないが、なんとなく、自分と別れた直後ではないかと思うのだ。

「次の日俺と会ったとき、おまえ、河合の家であったこと、全然覚えてなくてさ。俺が驚いてたら、逆に、どうしたのって訊かれたよ。俺は怖くなって、俺の方が夢でも見てたんじゃないかと思って、……それ以上何も訊けなかった。おばさんやおじさんにも、菅原のじいさんにも。その時確認してれば、わかることもあったのかもしれないけど……俺まだガキだったしさ、やっぱ、怖くて忘れようとしてたのかも」

実際に、忘れかけていた。しかしその漠然とした恐怖は、閉じ込められたまま自分の中にあったのだろう。

「急にこんなこと言われても、信じられないだろうけど……おまえは、記憶屋に会ってるんだよ。あんな小さかったおまえが、何もなかったふりなんかできるわけない。頭でも打ったのかとか、ショックで忘れちまったのかとか、思ってたけど……やっぱり違う。おまえは、記憶を消されたんだよ」

その時感じた恐怖と、……何とも表現しがたい「気持ち悪さ」は、杏子のことで一気によみがえった。そして今は、目を背けることもできないほど、侵食されている自覚がある。

忌まわしいものだ、と思った。してはいけないことができる、あってはならない能力だ。そんなものに、二度までも真希を奪われるのは耐えられなかった。消えてしまうのは記憶だけではなく、今現在存在する真希や、真希の中に存在する自分や、真希を構成する、真希に関わった、すべての人たちや時間の意味だ。

辛《つら》くても、リセットなんてできない。最初から、できるわけがないのだ。

記憶屋のしていることは、まやかしだ。

「俺も多分、記憶屋に会ってる。思い出せないことがあるんだ。気づいた時はすげえ怖かった。ちょっとしたきっかけで気づいたんだけど、でも、もしかしたら、忘れてることがあるってことすら、気がつかないまま過ごしてたかもしれない……そう思うと、それはそれで、やっぱり怖いと思う。うまく説明できないけど」

真希は、じっと遼一を見ている。その表情からは戸惑いが読み取れた。

しかし、真剣に聞いてくれているのがわかる。

「おまえの場合は、ほんと昔のことだから、今更怖いとかは思わないかもしれないけどさ……でも、考えてみてくれ。今は、何か忘れたいことがあって、それさえ忘れれば何も気にせず生きていけて、消してしまえるならそれが一番いいって、思ってるのかもしれないけど、それって怖いことだし、もったいないことだし、悲しいことなんだって」

昔話として聞かされていたから、真希はあの頃から、記憶屋の伝説を知っていた。しかし小さな子どもだった真希が、混乱した頭で、自分で記憶屋に依頼することを思いつけたかは疑問だ。思いついたとしてもどうやって記憶屋に接触すればいいのか、真希が知っていたはずもない。

記憶屋の方が真希を見つけたのだ。

「記憶屋は、頼まれて記憶を消すだけだって、噂では聞いたけど……あの頃のおまえはまだ小さくて、自分でそういうこと判断できるような年じゃなかった。そんな子どもの記憶を消したってことは、記憶屋は、頼まれなくても記憶を消すってことだ。一回でも記憶屋と関わったら、それから後、ずっと目をつけられるかもしれない」

自分がそうなんだとは、言えなかった。

「ほんとに、どうしても、記憶屋に頼るしかねえの？……自分の中から消しちまう他に、おまえの悩みは解決できねえの？」

とうとう言った。咎《とが》めるつもりはなかった、そう聞こえないように気をつけて話してきたつもりだったが、真希はうつむいてしまった。

気軽に人にも話せるような悩みなら、記憶屋に頼ったりはしないだろう。

「……悪い、いきなりこんな話しても、混乱するよな。でも、……俺も、まだ混乱してて。ほんとは、頭ん中整理してから、話すべきだったんだけど……おまえが記憶屋を待ってるなら、会っちまう前に話さなきゃと思って」

説得できる自信がない。でも説得しなければならない。本当は縛り付けてでも、記憶屋になんて会わせたくない。もうこれ以上自分の周りで、人が記憶をなくしていくのは耐えられない。

どうしたらわかってくれるのかと、焦ればよけいに言葉がただ宙を舞うようだった。冷静に、論理的に、説得してわかってもらいたかったのに。

ぐしゃりと前髪をかきあげて押しつぶすように、両手を額にあて、空を仰ぎ息を吐く。

「……おまえのこと心配して、ってのもあるけど、多分、俺が嫌なんだ。おまえが記憶なくすの、俺が嫌なんだよ……嫌だし、怖い」

「……怖い？」

「うん。何かわからないけど、怖い」

漏らした本音に、初めて真希が反応した。意外に勘が鋭い、と、真剣な話の途中にもかかわらず苦笑する。

やはり、全部話して本音を吐き出さなければ、説得できそうもない。

改めて覚悟を決め、口を開いた。

「……おまえが覚えてないなら、話しても意味ないことかもしれないけど……昔から、何度か見る夢があって」

それだけでは意味をなさない、シーンの断片。視点が固定されていて、ビデオカメラで撮ったものをぶつ切りにして繋《つな》いだような夢だ。

クラクションが鳴っていたけれど、近くはなかった。あれは建物の中だった。子どもと大人。見ている自分。ひとつながりのシーンを、ばらばらにしたかけらのひとコマ。

そしてその短い夢には、いつも、見てしまったという驚きと、恐怖と、緊張しているときのような息苦しさがともなう。

「小学生くらいの子どもと、顔の見えない大人の男が、向き合って立ってるんだ。俺はそれを物陰から……なぜか、見ちゃいけないものだと思いながら見てる。理由はわからないけど、そういう感情だけがあるんだ。ただの夢だって言われりゃそれまでだけど」

記憶屋に関係する夢だとは、最近になるまで思い当たらなかったけれど、今はなぜか、記憶屋に対してのマイナスの感情に、あの夢も関わっているように思えてならない。それは確信に近い。

もしかしたら消された記憶に、関係しているのかもしれない。記憶が消えても、そのときの感情だけが、染み付いたように残っているのかもしれなかった。

「夢の中の俺は、それを見て、必死で、逃げろ、って思う。だめだ、って思う。何でそう思うのか、誰に対して思ってるのかもわからないけど……それで目が覚めるんだ。……俺は、それは、昔あったことなんじゃないかって思う。ガキの頃見たことを、夢で見てるんじゃないかって」

自分の中でも整理のついていないことを口に出して人に聞かせるのは、なんだか心もとないような、もどかしいようなやりにくさがある。

ゆっくり、ひとつひとつ確かめるように記憶を呼び起こしながら言葉をつなげた。

「怖い夢なんだよ。多分。何が怖いかわかんないけど怖いと思う夢、ってあるだろ？　そういう感じ……記憶屋のことを怖いと思うのと、同じ感じなんだ。根拠とかないけど、あれが過去にあったことなら、その子どもはおまえじゃないかと思う……それで、多分俺は、おまえが記憶を消されるところを見て」

それから、……自分も、逃げたのかもしれない。わからない。浮かんだ「逃げろ」という言葉は真希に対してだったのか、それともその場から立ち去れない自分に言っていたのか。

逃げなかったか、逃げようとして逃げきれなかったか、それはわからないけれど——そのとき自分は、記憶を消されたのかもしれない。だから、その先を思い出せないのかもしれない。今となっては、わからない。

その時怖いと思った感情が今の恐怖のもとになってるのか、今記憶屋を怖いと思っているから、それを怖い夢だと感じるのかも。

（そういえば、）

話しているうちに、ひっかかることがあった。

真希が記憶をなくしたのは、六歳か七歳のときだ。

夢の中に出てきた子どもは、印象としては小学校中学年以上に見えた。

あきらかに、年齢が合わない。

そもそもあの子どもが真希だというのはあくまで自分の印象で、根拠はどこにもない。

前提が間違っていたのかもしれない。

しかし夢の中の子どもが真希だとしたら、真希は二度以上記憶屋に会っていて、そのうちの一回を、自分は目撃していたということか？

(俺が記憶屋を怖いとか嫌だとか思う理由も、消された記憶の中にある？)

真希が二度以上記憶屋に会っていた可能性が高いとすると、遼一が記憶屋に会ったのも、自分で思っている一回だけではないのかもしれない。あの夢が記憶屋と真希の接触の場面だとしたら、記憶が断片的にしか残っていないのは……自分もその後記憶屋と接触したという可能性が高い。だとしたら少なくとも二回は、自分は記憶屋に会っていることになる。もしかしたらもっと。

少しの沈黙の後、

「……記憶屋に関する噂、いくつ知ってる？」

ふいに、それまで黙っていた真希がそんなことを聞いた。

視線を向けると、真希はぼんやり数メートル先の地面を見ている。

「……ネットに流れてるやつは、大体。おまえが教えてくれたのもあるだろ」

「ん。……緑色のベンチで待てば会える、のほかには？」

な？」

「それはね、緑色のベンチより率は下がるけど一応有効、運がよければって感じか

「ああ、……『伝言板にメッセージを残すと接触できる』とか……」

「あと、……『記憶屋は、夕暮れ時に現れる』ってのもあった」

「あー、うん。他には？」

「『記憶屋は、記憶屋を探している人間に会いにくる』とか」

「基本だよね」

「記憶屋は、背が高い男だって噂とか……逆に女だって話もあったし」

「うん」

「灰色のコートを着てる、とか」

「あは、そんな細かいんだ」

噂が広まるに連れてディテールが増えていくのは、都市伝説の伝達の形の典型パターンだ。後で付け足された情報のほとんどが、とるにたらないものだろう。けれど、そんなとるにたらないような情報の、種になったできごとが、もしかしたら実際にあったのかもしれない。そう思って、どんな小さな噂も、こぼさないように集めてきたつもりだ。

「……『記憶屋は、頼まれた相手の記憶しか消さない』って噂もかなり一般的みたいだけど、俺はそれは違うって思ってる」

「うん、……『興味本位で遊び半分に記憶屋を呼び出すと、依頼していない記憶まで消

されてしまう』って噂があるよね。頼まれた記憶を消す、っていうのが原則だけど」

「頼まれて消すのが原則、ってことは、例外があるってことだ。俺は頼まれて消すことも正しいとは思えないけど、意思に反して消すなんてなおさら」

「うん。ほかにも、いろいろあるんだよ。『記憶屋は記憶を食べる』『記憶屋は自分の正体につながる記憶は残さない』『記憶屋は一度消した記憶を元には戻せない』『記憶屋は自分の記憶は消せない』……」

「おまえ、それ自分で調べたのか？」

聞いたことのあるものもあったが、ほとんどが初耳だ。そもそも記憶屋の噂は女子中高生の間で流れ始めて、少しずつ外へと広まっていったものだ。噂の本場に毎日通っているのだから、現役女子高生である真希が遼一の知らない情報を知っていたとしても不思議はないが、それにしても詳しい。意図して調べようとしなければ、情報は集まらないだろう。

真希も遼一と同じように、記憶屋について調べていたのか。それほど真剣に、……探していたのか。

そんなにまでして消したい記憶って何だよ、と、言いそうになった言葉を飲み込んだ。記憶屋に頼るしかないと、真希が思い込むような秘密なのだ。覚悟だけで真希を助けられるわけではないと、わかっていた。

（それでも、記憶を消さないでほしいって）

真希の悩みと、真希の記憶のことなのに、こんなことを思うのは遼一の身勝手なのかもしれないけれど。何もできないくせにと責められても仕方がないけれど——杏子のときのようなことはもうごめんだった。資格がないとか、覚悟がないとか、そんな理由で踏み込むことを躊躇《ちゅうちょ》したら同じことの繰り返しだ。

どうすれば止められるのか、必死で考えた。

「さっきの話ね」

少し声の調子を変えて、真希がまた話し始める。

「さっき遼ちゃんが、した話。覚えてないけど、知ってるよ。……あたしと遼ちゃんが聞いちゃったのは、お父さんとお母さんの話してる声だった。でしょ？」

真希を見た。真希は、前へ向けていた視線を遼一へ戻して、唇を歪《ゆが》めて少し笑った。無理をしているように見えた。

「遼ちゃんが思ってる通りだよ。あたし、記憶屋に記憶を消してもらったの。あたしがお願いしたわけじゃなかったけど、記憶屋は、あたしを助けてくれたんだ」

言葉を失った。呆然《ぼうぜん》とただ彼女を見つめ返す。

うまく笑えていないことを自分でもわかっていたのか、真希はすぐに視線をそらし、意味も無く靴先で砂を蹴《け》るような仕草をした。その靴先を見つめた。

「遼ちゃんは、もうわかってると思うけど……あたしのお母さんね、……浮気をしたことがあったんだって。あたしがまだ小さいとき、あたしの叔父《おじ》さん……つまり、お父さんの弟と。中学生の時ね、偶然電話で話してるのを聞いちゃったの」

突然話が飛んだように感じて、とっさについていけない。

（中学生の時？）

真希の両親の話を聞いてしまったのは、真希が小学一年生か、二年生のときだったはずだ。ということは、……真希は両親の話を聞いてしまった後、一度記憶を消され、それから何年もたってまた、せっかく忘れた同じ秘密を、耳にしてしまったということになる。

「もうとっくに終わったことだった。でも、やっぱり、知った時はショックだった。お母さんもお父さんも、叔父さんも好きだったから」

真希の声を聞きながら、頭の中を回るのは、自分が記憶屋に会ったことを、真希本人が覚えていたということの意味だった。

真希は自分が記憶を消されたことを知っていた。知っていて、また、記憶屋を探している？——遼一は、記憶が消されたことに気づいたとき、言い知れないような恐怖を感じたというのに。

真希は自分から、また記憶を消そうとしていたのか？

（ダメだ）

ショックで自分のことばかり考えてしまいそうになる、それを振り払って真希の話に集中する。

「今はもちろん叔父さんとは何もなくて、お母さんはすごくいいお母さんで、いい奥さんで、……家族は皆仲良くて。きっとそうなるまでお母さんもお父さんもいっぱい苦しんだんだろうなぁって……あたしが知ってるなんて知りたくないだろうなぁって。思うのに、やっぱり、心のどっかで、嫌な気持ちがあるの。今更お母さんを責めたって仕方ないし、そうするつもりもないのに、……それなら今まで通り知らないふり、するのが一番なのに。嫌な気持ちがあって、今まで通りが、できなくて」

「……それで?」

話しにくいのか口ごもった真希を促すように、顔を見て相槌《あいづち》を打った。

「……それで、消してって頼んだの。もともと知るはずじゃなかったことだし、知らない方がいいことだったから、忘れてしまえればそれが一番いいって思って。……でも、断られたの」

「断られた……?」

記憶屋に?

真希はこくりと頷《うなず》き、

「その時教えてもらったの。……あたし、小さい頃、お母さんの浮気のこと、聞いちゃったことがあったんだって。あたしは忘れてるけど」

「……おい、」

断られた。教えてもらった。それはつまり、

「あたしの記憶は、その時一度消したんだって……それが、遼ちゃんと二人で聞いちゃった、その時の会話だよ」

――それはつまり。記憶屋と会って、話した、その内容まで覚えているということだ。今まで真希は、そんなそぶりは全く見せなかった。遼一が記憶屋を探していることを知っていて、ずっと。

真希の中に記憶屋に関する記憶が残っていることだけでも十分な衝撃だったのに、あまりに一度に告げられて頭がついていかない。

記憶屋のことを隠していた理由は、理解できなくはない。自分だって、他人には言わないだろう。だから、嘘をつかれていた、というショックはなかった。

それよりも遼一を呆然とさせたのは――真希は、何も知らずに、おまじないの延長のような気持ちで都市伝説の怪人を探していたわけでも、ことの重大さを理解していなかったわけでもなかったということだ。

守ろうなんて考えていたことが、とても滑稽《こっけい》に思えた。

「その頃のあたしは、何もわからないような子どもで、ただ混乱してて、忘れさせるしか方法がなかったって。何もわからない子どもだからこそ、そんな子どもの記憶を消してしまうこと、悩んだけど、それでも他にどうしようもなくて、消したって。今でもあれが正しかったのかわからないって」

真希は淡々と続ける。

「あの時のあたしは子どもだったから、消すしかなかった。でも、もう今は、ちゃんと自分で考えて想像して、理解して、結論を出せるんだからって。そう言われたの。さっき遼ちゃんも言ってたみたいに、記憶を消すのは取り返しのつかないことだから、軽はずみにしていいことじゃないって。記憶を消すのは最後の手段で、簡単にはやっちゃいけないことなんだって、言ってた」

詳細な説明、記憶の鮮明さなど、その情報量は外村篤志や、関谷要以上だ。

記憶屋と交わした会話の内容までも、真希は覚えているのだ。真希は記憶屋の実在はおろか、記憶屋がどんなものなのかも、その能力の行使が取り返しのつかないものであることも、記憶を消された者の気持ちも、知っている。

それなら、……それなら。

そのうえで、今また記憶屋を求めるのだとしたら。

そんな真希に、「おまえは何もわかっていない」なんて、「よく考えろ」なんて言えない。

遼一にできることは何もない。

止めることはできない。

「……遼ちゃん、覚えてたんだね」

淡々と話していたのを止めて、短い沈黙を挟んで、それまでとは違う口調で真希が言った。

「さっき話してくれた。夢で見るって、言ってたでしょ？」

「覚えて……っていうか、……何か断片的に」

話題が自分の夢に戻った理由がわからず、戸惑う。

覚えてたんだね、という言葉の意味を少ししてから理解して、あ、と思った。あの夢の子どもは、やはり真希だったということだ。そして真希はそのことを──覚えているのか、それも後で記憶屋に聞いたのかはわからないが──知っている。

「っていうか、おまえの方こそ、覚えてんのか？　あの時、記憶を消されたんじゃ……記憶が戻ったのか？」

「一度記憶屋が消した記憶は、もう戻らないよ。さっき言った、あの噂……あれ、ホントなの。『記憶屋が一度消した記憶は戻らない』。記憶を消すのを断られたとき、教えてもらったの」

記憶屋が、そこまで詳しい情報を、なぜ真希にだけ教えたのか、そしてその記憶を消さずにいるのか、わからないことは次から次へと山のように積みあがる。

ようやく一つ整理できたと思ったら、次。整理できなくて、焦っているうちにまた次だ。何から訊《き》けばいいのかわからなくて混乱する。

結局、一番根本の疑問だけを、口にする。

「……おまえ、記憶屋のことを覚えてるのか？」

「覚えてるよ。大好きだった。……遼ちゃんも、覚えてるでしょ？」

真希は泣き笑いのような表情で遼一を見て、言った。

「あたしの、おじいちゃんだよ」

意味が、
わからなくて、黙った。

一瞬の空白の後、頭の中をすごい勢いで記憶が巡った。

十年前。記憶屋は、真希の記憶を消した。遼一が真希を送っていった、その後に。

真希の祖父の家のすぐそばで彼女と別れて、翌日には彼女の記憶は消えていた。家に入るまでの短い時間で、何かがあったのだと思っていた。そうではなかった。

真希の記憶を消したのは。


「おじいちゃんは、もうずいぶん長い間、人の記憶を消すことをやめてたの。あたしの記憶を消したのが、三十年ぶりくらいのことだって言ってた……おじいちゃんは、記憶を消すのは、簡単にしちゃいけないことだって思ってた」

五十年前にも、記憶屋が出たと噂が流れたことがあったと、集めた情報の中にあった。

それを思い出す。

近所の老人たちが、記憶屋の話をしてくれたのは、……彼らが子どもだった頃、今のように、記憶屋が活動していたから？　それがいつのまにか、御伽噺《おとぎばなし》のような形で、この近所にだけ残ったのか？

「だから、あたしがお母さんの電話を聞いて、記憶を消してほしいってお願いしたときも断ったの。その後すぐに、おじいちゃんは亡くなって……小さい頃のあたしの記憶を消したのが、多分、その力を使った最後だったと思う」

呆然《ぼうぜん》としながら、口だけが動いた。

「……俺が、見た夢は……小学生のおまえと向き合って立ってたのは、菅原のじいさん……？」

「違う。あれは、全然関係ない人だよ。おじいちゃんがあたしの記憶を消したのは、一回だけだもん」

それならあの夢の中で、自分は何故逃げろと叫んでいたのか。そしてどうして、あの先を思い出せないのか。謎の答えが提示されればされただけ、また新しい疑問ばかりだ。

落ち着け、と自分に言い聞かせて、ベンチに改めて深く腰掛け、息を吐く。

「……何度も同じ夢を見るのに、断片だけしか見られないのは……記憶屋が、俺に何かしたからかと、思っていた」

「うん」

真希は泣き笑いのような顔のまま頷《うなず》いて、

「遼ちゃん、当たり。……記憶屋が消した記憶は、どんなに思い出そうとしても、戻らないから」

「やっぱり、あれは本当にあったことなのか。俺の記憶は、菅原のじいさんが」

「違う」

うつむいたままで首を振った。

「あれはあたしの、食べ残し」

言われた意味がわからなかった。

聞き間違いかと、真希を見る。

「おじいちゃんは、遼ちゃんの記憶を消したことは一度もないよ。遼ちゃんはもう何回も、記憶屋に会ってるけど……覚えて、ないでしょ？」

うなずくだけの余裕もなかった。

「……遼ちゃんの記憶は、念入りに消したつもりだったのに」

泣き笑いの表情は、自棄《やけ》になっているかのように見えた。

「最初のときだけ、失敗しちゃってたなんてね。……仕方ないか、あたしあの時、まだ小学生だったし」

まさか。

真希の言葉が一つの形を作って意味を持った、その結論を信じたくなくて打ち消した。

馬鹿馬鹿しい。あるわけがない。そんなことが、

「記憶屋は、夕暮れ時に現れる。……この噂はね、半分ほんと。学校ある時は、放課後しか動けないから。灰色のコートっていうのは……これのこと？　学校指定が黒か紺かグレーだから、仕方ないんだよね」

チャコールグレーのコートのすそをつまんで、薄く苦笑しながら真希が言う。

「緑色のベンチの噂は、小さい頃に聞いた話を思い出して、あたしが流したの。伝言板にメッセージを書くといいっていうのは、知らないうちに流れてた噂だけど……ちょうどいいから、何度か利用したことあるよ。イコさん？　もね、このベンチに座ってたの。消したい記憶があるわけじゃなくて、ただ単に記憶屋に興味があっただけみたいだけど」

「イコの記憶は……」

「あたし。もう一人の、花屋のバイトさんもだよ。イコさんに話を聞いて、会いに行ったの」

遼ちゃんが、記憶屋の正体に気づきそうだったから。ちょっと焦った、と、真希は淡々と話した。

いつもよりほんの少し大人びた声音と表情ではあったが、やはり真希は真希だった。

ずっと昔から知っている、真希だ。

それなのに。

「……俺が探してた記憶屋は、」

信じたくないのに。

「……うん、……ごめんね、遼ちゃん」

泣きそうに歪《ゆが》んだ目元に、もう何も言えなかった。

どうしてと、それだけ口から洩《も》れる。

冷静になってみれば、真希を心配して、先回りするつもりで記憶屋を待っていた自分がひどく滑稽《こっけい》だった。真希は記憶屋を待っていたのではなかった。

「あたしの考え方は、おじいちゃんとはちょっと違ってた。特別な力があるなら、それには特別な意味があるって、あたしは思ってた……悲しいことを忘れさせてあげられる力は、いい力だって嬉《うれ》しかったの。遼ちゃんが見た夢の中で、あたしと一緒にいたのは依頼人だよ。あたしはその人の記憶を消したの。遼ちゃんはそれを見ちゃって、……あたしが、遼ちゃんの記憶を消した」

「…………」

「それが最初。次は、杏子さんのことで、遼ちゃんが記憶屋のことを調べ始めてちょっとしてから。……やっぱり、知ってる人の記憶はあんまり消したくなくて、できるだけ消さないようにって思ってたんだけど……詰めが甘いね、あたし。やっぱり遼ちゃん、気づいちゃった。結局繰り返しになるのに、怖くて後回しにしちゃってたの」

「……怖いのか、おまえ」

「怖いよ。遼ちゃんの記憶を消した時、初めて怖いって思ったの。だからできればもう二度と、知ってる人の記憶は消したくないって思った」

「それがわかるんなら……！」

記憶を消すことを怖いと感じるなら、その怖さを感じられるのなら、どうして。続けるより先に、真希が言葉をかぶせるように言った。

「助けてほしいって言ってる人がいて、あたしにはそれができて、あたしにしかできなくて。助けてあげられないなら、何のためにあたしにこんな力があるのかわからないじゃない。そんな大げさに考えなくたって、目の前に困ってる人がいたら助けるでしょう？　あたしだって、記憶が大事なものだってことくらいわかってる。簡単に消していいものじゃないってこともわかってるよ。だから、必要最低限の記憶しか消さないし、記憶を消してほしがってる人の記憶以外は、できるだけ消さないって決めてた。……直接あたしにつながるような記憶は、消すしかないけど」

うつむいていた顔をあげて、一生懸命言い訳するように強い目を向けて、

「あたしだって、自分を守らなきゃ。あたしが記憶屋だって知られたら……そっちの方が、もっと怖いよ」

意識的に強めた口調が、すぐに勢いを失い、語尾は弱々しくかすれる。

自分を守ろうと一生懸命正当性を主張する子どものようだ、と思った。否定されることを恐れているような。

自信を持っているんじゃないのか。記憶屋は、絶対に正しいと信じて行動しているんじゃないのか。記憶を消すことを「困っている人を助ける」ことだとこんなにもはっきりと言いながら、真希がどうしてこんな風に、不安げに自分を見るのかわからなかった。記憶屋を前にしたら、言ってやりたいと思っていたことは山ほどあった。それなのに、今、何も言葉が出てこない。

「消してほしがってる人の記憶を消すのは、あたし、怖くないよ。消した後も後悔なんてしない。でも、……でも、違うよ、遼ちゃんの記憶を消すのは、同じじゃないんだよ。だって、あたしは依頼人の前では『記憶屋』だけど、……ただ記憶を消すだけの存在であればいいけど、遼ちゃんの前では河合真希だもん」

あれほど恐れて憎んだはずの記憶屋を、責める気持ちは湧いてこない。

目の前にいるのは、「記憶屋」ではなく、遼一のよく知っている真希だった。

守らなければと、ほとんど義務のようにそう思った、三つ年下の幼馴染《おさななじみ》。遠ざけようとした危険が、彼女自身だったなんて、今でもどこか嘘のようで。

「……河合真希が、怖いと思うなら、それが普通の感情なんだよ。やっぱり、怖いことなんだよ……なぁ、それを感じるなら、もうちょっと、考えてみてくれよ」

なんだか泣きたいような気持ちで、子どもを諭すように言葉をつなぐ。

「おまえを責めてるんじゃない。これまでのことじゃなくて、……これからでいいから。うまく言えねえけど、聞いて、それで、考えてみてほしいだけだから」

確実に存在するとわかってからも、記憶屋を、現実味のない、人とは違う何かのように思っていた。心ない存在のように、考えていた。そんなものに、忘れられることの意味を、残酷さを、伝えられるのかと不安もあった。

それとは逆に、希望も持っていた。今まで誰も、記憶屋にその残酷性を指摘することがなかったのなら、もしかしたら、記憶屋は自分の行為の意味に気づいていないだけなのかもしれない。それを気づかせることができたら、止められるかもしれないと。

けれど記憶屋は心無い存在でも、何も知らない子どものような存在でもなかった。

(同じだ)

記憶屋を肯定した、感謝すると言った、記憶屋の信奉者たちとの会話を思い出す。

言葉は通じるのに、互いの考えを理解もできるのに、どうしても説得できなかった。

はっきりとは言われなくても、おまえにはわからないと、思われているような気がした。

正しいかどうかなどは問題ではない、そんなきれいごとより何より、記憶を消したい人間には、消すしかない理由があるのだと。それがわからない人間に、何を言っても仕方ない、わかってもらえなくていい、正しいかどうかを教えてほしいなどとは思っていないと。

結局は同じことだ。人間が人間を説得することの難しさに帰結する。

どうしてわからないのか、伝わらないのかと、もどかしさに歯噛《はが》みする。けれどおそらくそれは、相手にしても同じことなのだ。

それでも伝えるしかなかった。

「記憶を消してほしいっておまえに頼む人たちは、きっとその時は本気で頼んでて、だから、なんていうか……同意があるわけだけど。消したいような記憶でも、もしかしたら、何年か後に、それがいい思い出に変わったり、嫌な思い出のままでも、それがきっかけで、変われたり……するかもしれない、だろ？　消しちゃったら、それで終わりだ。そこから先の可能性がゼロになる、道を途中で断ち切る、それどころか、それまで歩いてきた道まで消してしまうことなんだ。だから、記憶を消すことがその人にとっていいことか悪いことかなんて、その瞬間だけじゃわからないことで、誰にも、わからないことで……だから」

うまく言えないけど、と、何度も口ごもりながら言葉をつなげる。

真希の表情は、変わらなかった。悲しそうで、何かをあきらめたような顔をしていた。

どうしても伝わらないのか。

それとも、
伝わっても、だめなのか。

真希は、ふいに、早口で、

「ね、遼ちゃん、杏子さんに忘れられて、辛《つら》かった？」

と言った。

話を遮るように発せられた、その流れからは不自然な言葉に、遼一は口をつぐむ。

「杏子さんのこと、忘れたい？　消してあげようか。あたしできるよ、なかったことにしたら楽になるよ」

口元は笑いに似た形に歪めて、しかしうつむいたままで、それまでの遼一の話を聞いていなかったかのような言葉。

笑顔を作りきれずに唇が震えている。それに気づいて、遼一は少し冷静になった。

「俺は、先輩と会ったことまで忘れたいとは思わない」

ゆっくりと、静かな声で言った。

「辛いことは忘れて、出会いとか傷とかもなかったことにして、もう一度やり直したいって人が、いるってことはわかった。そうしないと生きていけない人も、いるのかもしれないってことも。でも、俺はそうしない。記憶を消す道を選ぶのが自由なら、選ばないのも自由だろ？」

「…………」

きゅ、と、震える唇を一度結んで、真希は先ほどよりはまだ笑顔に近い表情を作り、顔をあげて遼一を見る。

「……そう言うと、思ってた」

思った通り、目が潤んでいる。

真希は前を向いて、両手の指を組み腕を伸ばすような仕草をして、少しの間黙った。

声が震えなくなるのを待っているようだった。

大分長い間沈黙があって、

「記憶を消して、リセットして、白紙からもう一度って」

消えそうな声で、真希が言う。

「皆何かをやり直すために記憶屋を探すけど、やり直しなんて、本当にきくのかなぁ」

記憶屋自身の口から聞けるとは思わなかったその内容に、耳を疑った。思わず真希を凝視する。

「夜道が怖くなくなった杏子さんは、また危険な目にあって、やっぱり夜道を歩けなくなるかもしれない。操ちゃんは、せっかく忘れた幼なじみの男の子のこと、また好きになっちゃうかもしれない。おんなじことの繰り返しかもしれない。そうだとしたら、あたしがしたことって、何の意味があったのかなぁ」

自信なんて、いつでもなかった。

そう言って、泣きそうな顔で自嘲《じちょう》するように顔を歪《ゆが》ませて、真希は、スカートの裾《すそ》を握り締めた。

「でも、でも、もしかしたら。もしかしたら、変わるかもしれない……操ちゃんは、今度は違う男の子を好きになって、幼なじみとしてずっと彼と一緒にいられるかもしれないし、幼なじみの男の子の方が、今度は操ちゃんのこと、好きになるかもしれない……もしかしたら」

祈るような、縋《すが》るような、押しつぶした喉《のど》の奥から搾り出すような「もしかしたら」に、遼一は何も言えない。苦しさが感染したように喉が詰まった。

「もしかしたら、なんて、何で思っちゃうんだろう、繰り返し、繰り返し、何回失敗しても、もしかしたらって。馬鹿みたいに。なんであたしだけ、変わらずに」

「……真希？」

「……あたしは、記憶屋だから。誰かの記憶を消して、その人の中からその記憶が消えても、あたしだけは全部、覚えてるんだよ。他の誰も覚えてないことを、あたしだけが覚えてる」

真希は、もう、笑顔を作ることをあきらめたようだった。

ようやく顔をあげ、こちらを見る。

「おじいちゃんは、もういない。記憶屋は、自分の記憶は消せないの。あたしは全部、覚えてるしかないんだよ……記憶屋がもう一人いたら、今すぐ消してもらいたいのに」

すうと涙が真希の頰を伝った。

「一つ記憶を消すたびに、あたしの中に、積もってくみたいに……あたしだけの記憶が、増えてくの。どんな感じか、わかる？　あたしだけ、忘れられない」

どきりとする。何年かぶりに見る涙にだけではない、その言葉の意味に。

「好きな人があたしとの思い出を忘れちゃっても、あたしはその人の前で、いつも通り笑ってなきゃいけないんだよ……その思い出は、もうあたしの中にしか、ないものだから」

そこまで言って、真希はさっと手首で目元をぬぐった。

遼一の知らないところで、真希が記憶を消した人間はどれだけの数にのぼるのか。その中には、真希の言う、「好きな人」もいたのだろう。

杏子が自分を忘れたと知ったときの気持ちを思い出し、喉に詰まったものが重さを増した気がした。

それを経験して、その痛みを知った上で、真希が人の記憶を消すことを続けていたのだとしたら。

「それがあたしの、罰なのかなって、思う」

想像もしていなかった、「記憶屋」の苦悩だった。

そして、「真希」の。

自分は何も知らなかった。知らずに、ただ、何もわかっていない真希を、守ってやらなければなんて。

「なぁ、……もう、いいんじゃないか？　そんな、辛《つら》いのに続けることない。力があるからって、使わなきゃいけないわけじゃないじゃないか」

自分もほとんど泣きそうになりながら、かろうじて涙声にはならずに、けれど渾身《こんしん》の願いを込めて。真希の両肩をつかんで、まっすぐに見つめながら言う。

「俺はさ、馬鹿みたいだけど、おまえのこと守らなきゃって思ってたよ。記憶屋が俺のまわりの人たちの記憶を消していくから、おまえも危ないんじゃないかって思ったり……小さいときに記憶を消されてること、おまえは知らないと思ってたから、絶対知られちゃいけないって思ってたしさ」

真希は何も言わずに、途方に暮れたように、遼一を見ている。言われるがままの、子どものようだ。

一瞬、言葉が通じているのか、不安になる。

「おまえは何も知らないで、記憶屋に会おうとしてるんだと思ってた。だから、考えなことはするなって、説得するつもりだった。……馬鹿みたいだろ」

何も知らないのは、自分だった。

「馬鹿みたいって、自分でも思うけど……」

言葉を選んでいる場合ではなくて、一生懸命に、ただひたすら、言葉をつむぐ。

思うまま連ねた言葉の中から、少しでも、かけらでも、拾ってもらえたらと思うのに、

「なぁ、俺もう、どうしたらいいかわかんねえよ。……どうにもならねえの？」

透明なまま変わらない真希の目に、もどかしさが募った。自分が無力だということが、しみこむように、伝わって。

「俺にできること、何もないのか？……おまえこのまま、続けてくつもりなのかよ。なあ、そんな、……そんなカオしてまで、続けんの。なんで続けなきゃなんねえんだよ、なぁ、……真希」

どうしようもなくて、どうしようもないことがわかって、どうにもならなくなって真希を引き寄せた。

「泣くなよ……」

責めるつもりも追い詰めるつもりもなかったのに、今真希は泣いている。

泣き顔を見ていることができなくて、両腕で背と肩を抱き締めた。

小さい体だった。それで、余計に泣きたくなった。

「守ってなんて、くれなくていいよ。あたしを守ろうなんて、思わないで」

遼一の肩に顎《あご》をのせるような形で、喘《あえ》ぐように真希が言う。

声が、抱き締めた体から直接伝わるように届いた。

「そんなのいらない、から」

ひゅう、と、息を吸う音すら震えている。喉自体が震えているのだ。

先を促すように、抱く腕に力を込めた。

「一度だけでいいから……」


「あたしのこと、好きになって」


何を言われたのか、わからなかった。

わからずにいるうちに、視界は白い霧に覆い尽くされ、それを払うように、今度は白い光が広がった。

気がつくと、吉森遼一は近所の公園にいて、腕の中に一人の少女を抱き締めていた。

午睡から覚めたような感覚、頭はすぐにすっきりしたが、何故ここにいるのかがわからない。

腕の中にいるのは、妹のように思っている、年下の幼なじみだった。

「……真希？」

泣き顔など随分久しぶりに見た気がする、いつも明るい彼女が声もあげずに泣いていることに動揺する。

「真希、どうしたんだよ」

驚いて体を離そうとしたが、真希が泣くのをやめないので、さんざん迷ったあげくに再び背から肩へ腕を回した。

「なぁ、泣くなよ。おまえに泣かれると、どうしていいかわかんなくなる」

困り果てて抱き締める。

何故だかわからないが、胸が痛かった。

「泣くなよ……」

遼一の肩口に顔を埋《うず》めたまま、真希が何か言ったようだった。

ごめんなさいと聞こえた気がしたが、よく聞き取れなかった。

本書は第22回日本ホラー小説大賞　読者賞を受賞した作品を改稿し、文庫化したものです。この作品はフィクションです。実在の人物、団体等とは一切関係ありません。

記憶屋《きおくや》

織守《おりがみ》きょうや

角川ホラー文庫　Hお7-1　19428

平成27年10月25日　初版発行
平成29年6月25日　19版発行

発行者――郡司 聡
発　行――株式会社KADOKAWA
東京都千代田区富士見2-13-3
電話(03)3238-8521(カスタマーサポート)
〒102-8177
http://www.kadokawa.co.jp/
印刷所――旭印刷　製本所――BBC
装幀者――田島照久

落丁・乱丁本は、送料小社負担にて、お取り替えいたします。KADOKAWA読者係までご連絡ください。(古書店で購入したものについては、お取り替えできません)
電話 049-259-1100(9:00〜17:00/土日、祝日、年末年始を除く)
〒354-0041　埼玉県入間郡三芳町藤久保550-1

ISBN978-4-04-103554-2 C0193